D1721788

Jamie Rix · Johnny Casanova

Jamie Rix

Johnny Casanova
Was für ein Mann!

Aus dem Englischen übersetzt von Salah Naoura

Die Deutsche Bibliothek – CIP-Einheitsaufnahme

Rix, Jamie:
Johnny Casanova : Was für ein Mann! / Jamie Rix.
Aus dem Engl. übers. von Salah Naoura.
– 1. Aufl. – Bindlach : Loewe, 1999
ISBN 3-7855-3379-9

Dieses Buch ist auf chlorfrei gebleichtem Papier gedruckt.

ISBN 3-7855-3379-9 – 1. Auflage 1999
© 1998 Jamie Rix
Published by arrangement with Walker Book Limited, London
Titel der Originalausgabe: The Changing Face of Johnny Casanova
Aus dem Englischen übersetzt von Salah Naoura
© der deutschen Ausgabe 1999 Loewe Verlag GmbH, Bindlach
Umschlagillustration: Franziska Becker
Umschlaggestaltung: Tobias Fahrenkamp
Gesamtherstellung: Wiener Verlag, Himberg
Printed in Austria

Inhalt

Ich bin ein Mann!

Es lag einfach an den Horden hektischer Hormone, die mir plötzlich wie zappelnde Kaulquappen durchs Blut wirbelten. Mit dreizehn hatte ich noch gedacht wie ein Junge, gespielt wie ein Junge und war den Mädchen hinterhergejagt wie eine Motte in einer Glühbirnenfabrik. Doch als ich vierzehn wurde, machte ich Schluss mit diesen Kindereien. Ich wurde zum Mann.

Es geschah über Nacht. Mein Körper erfuhr eine umfassende Umwandlung, und damit meine ich nicht nur die Haarbüschel, die an all den schwitzigen Stellen zu sprießen begannen, wo meine Gliedmaßen aufeinander trafen. Es war zugleich eine geistige Verwandlung. Mein Verstand war erwacht. Ich wollte meine Zeit nicht mehr mit kichernden Mädchen verschwenden – ich wollte Frauen! Ich wollte eine tiefe Beziehung zu einer erstklassigen Puppe. Ich wollte die Begegnung zweier reifer Seelen und dazu lange Zungenküsse.

Über reife Beziehungen

Mit dreizehn wusste ich nicht viel,
und Sex war nur ein nettes Spiel.
Bei jedem Rock, bei jedem Kleid
war ich gleich zur Jagd bereit.
Doch jetzt, wo ich ja immerhin
schon vierzehn und viel weiser bin,

geht's mir mehr um reife Liebe
und Gespräche, statt um Triebe.
Ich brauche nichts,
will keine Gören,
will kein Töpfeklappern hören,
will kein Konto für die Erben,
will kein Reihenhaus erwerben.
Ich will bloß eine, die mich mag,
für länger als nur einen Tag.

(Johnny Casanova – aus seiner neuen Gedichtsammlung „Auf den Knien des reifen Alters liegt die Kamelhaardecke der Verantwortung")

Jedenfalls weiß ich noch, wie ich am Morgen meines vierzehnten Geburtstags mit dem Gedanken aufwachte: Nun ist es so weit, ich bin ein Mann! Ich hob meine Bettdecke, um nachzusehen, ob es stimmte. Mir war mulmig dabei, aber das Risiko hatte sich gelohnt, denn was ich da unter dem Baumwollzelt meiner Decke erblickte, ließ mich den Schulweg hoch erhobenen Hauptes antreten. Es war also kein Traum gewesen – ich war tatsächlich mit nacktem Hintern ins Bett gegangen; ich hatte ohne Schlafanzug geschlafen, wie ein richtiger Mann!

Der erste Tag eines neuen Halbjahres ist immer eine unangenehme Sache, aber in diesem Herbst war ich besonders nervös, als die Schule wieder begann. Es lag nicht an Mr Dibcock, unserem neuen Klassenlehrer mit den goldgelben Flecken unter den Armen, die wie angebrannte Zwiebeln rochen – es lag daran, dass mein Outfit tadellos sein musste, wenn ich auf dem Schulhof erschien. Ich musste bei den neuen Mädchen auf Anhieb einen umwerfenden Eindruck machen.

Zum ersten Mal in meinem Leben nahm das Stylen meiner Haare überhaupt keine Zeit mehr in Anspruch. In den Ferien hatte ich mir einen wüst-rebellischen Grunge-Look zugelegt, indem ich meine Haarpracht wachsen ließ, mir das Waschen und Kämmen seit dem 15. Juli sparte und einmal wöchentlich *John Innes erstklassige Komposterde* in die Haarwurzeln massierte. Die Ponysträhnen hingen locker über den Augen wie eine Reihe Rattenschwänze, die Seitenhaare kringelten sich nach wochenlangem, mühsamem Wegstreichen wie von selbst nach hinten, und das Nackenhaar fiel mir fettig über den Kragen wie eine durchgeschwitzte Pferdedecke. Wenn ich den Kopf schüttelte, flogen die Fettklumpen nur so an den Badezimmerspiegel. Ich war hochzufrieden – es sah kolossal cool aus.

Meine Gesichtsbehaarung hatte unglaublich zugenommen. Seit viereinhalb Monaten hatte ich mich nicht mehr rasiert, und die Leute machten bereits Bemerkungen über die üppige Pracht meines Ziegenbärtchens, ein hängendes, ungepflegtes Büschel aus drei Haaren, mit dem ich mindestens doppelt so alt wirkte, wie ich war. Es verstieß zwar gegen die Schulordnung, aber ich entschied mich, den Bart stehen zu lassen, um meine Klassenkameraden neidisch zu machen.

Ich löste den obersten Hemdknopf und band meine

Schulkrawatte zu einem Riesenknoten, indem ich die beiden Enden ungefähr fünfzigmal umeinander wickelte. Zum Schluss war kaum noch etwas übrig von ihr. Abgesehen von dem geknoteten Bienenkorb unter meinem Kinn guckte rechts nur ein kleines, dreieckiges Stück hervor und links ein langes, dünnes, das ich so nachlässig wie möglich zwischen meine Hemdknöpfe flocht. Ich zog unvorschriftsmäßig rote Socken an und bohrte mir mit Papas Nagelfeile am Knie ein kleines Loch in die Hose. Dann riss ich eine der Taschen an meinem Blazer ab, bis sie nur noch am Saum hing und wie ein Wimpel im Wind flatterte. Ich sah verwegen aus! Viel zu reif für die Mädchen meines Alters. Wenn die sechzehnjährigen Damen bei meinem Anblick nicht wie Sahneeis dahinschmolzen, dann wollte ich nicht mehr Johnny Casanova heißen (obwohl ich eh nicht so heiße, denn mein richtiger Name ist Johnny Worms).

Auf Zehenspitzen schlich ich die Treppe hinunter und entschwand durch die Haustür, bevor Mama mich sah. Sie hatte diesen Tick, dass ich in der Schule anständig aussehen sollte, und ein einziger Blick auf mein sorgfältig aufeinander abgestimmtes Grunge-Outfit hätte dazu geführt, dass sie mir eine ganze Wochenkur zum Thema Anständigkeit verordnet hätte.

Ich schob soeben mein Fahrrad den Gartenweg hinunter, als Ginger hinter der Hecke hervorsprang und mich mit einem kräftigen Karateschlag in den Nacken begrüßte.

„Pass doch auf, meine Frisur!" Ich war erschrocken

zusammengezuckt und reckte den Hals. Mit einem lauten Knacken sprang der entgleiste Wirbel wieder in seine richtige Position.

„Getroffen!", rief er kichernd. „Das hat wehgetan, stimmt's?"

„Ich dachte, du machst Judo", sagte ich wütend.

„Gestern Abend haben wir mit Karate angefangen", erwiderte Ginger grinsend. Er zog den Kopf ein, tänzelte hin und her und bohrte mir mit einem kurzen Hieb alle vier Knöchel seiner Faust in die Eingeweide.

„Ich wäre dir sehr verbunden, wenn du damit aufhörtest", keuchte ich. „Ansonsten sehe ich mich leider gezwungen, dir eine reinzuhauen."

„Das möcht ich doch mal sehen!", krähte er.

Seit mein bester Kumpel unter die Kampfsportler gegangen war, hatte er sich auffallend verändert. Er war so ein Bodybuilder-Typ geworden, einer von der Muskelprotz-Sorte mit strammem Bizeps, ständig erpicht darauf, die Stahlhärte meines Waschbrettbauchs durch einen überraschenden Fausthieb in die Magengrube zu testen. Um ganz ehrlich zu sein: Er war ein durchgeknallter Macho-Macker, und ich bekam die Schläge und blauen Flecken ab, mit denen er es allen zeigte.

„Wenn ich wollte, könnte ich dich fertigmachen!", sagte ich, während wir Seite an Seite die Straße hinunterradelten. Aber Ginger lachte bloß.

„Das glaube ich nicht, Johnny. Bernard sagt, ich bin der beste Schüler, den er je hatte."

„Wer ist Bernard?"

„Mein Karatelehrer."

„Bernard! Was ist das denn für'n komischer Name für einen Kampfsport-Profi?"

„Er ist Klempner."

„Heißen Karatelehrer nicht meistens Blinder Alter Grashüpfer oder Mysteriöser Mungo oder so was?"

„Er ist der Tai-Chi-Meister von South Peckham, damit du's weißt!"

„Na, dann kann er ja bestimmt gut Krabbenbällchen braten!" Ich kicherte. „Sonst noch was?"

„Er findet, dass ich als Krieger der Stadt eine grundlegende Einführung in die gesamte Bandbreite östlicher Mystik brauche."

„Krieger der Stadt! Ginger, du fürchtest dich doch sogar vor deinem eigenen Schatten!"

„Jetzt nicht mehr", sagte er stolz. „Er hat mich dazu gebracht, innere Stärke zu entwickeln. Mit Tai Chi erlangt man das innere Gleichgewicht. Guck mal!" Ginger sprang vom Sattel und führte auf dem Bürgersteig in Zeitlupe einen Tanz vor. Er wackelte mit der linken Hand über seinem Bauch hin und her und vollführte mit der rechten eine Schiebebewegung. „Diese Übung heißt *Rückwärts schreiten und den Affen vertreiben*", erklärte er.

„Wie nützlich, wenn man im Dschungel überfallen wird", sagte ich. „Dieser Bernard scheint nicht alle Tassen im Schrank zu haben. Was für Übungen hat er sonst noch auf Lager? *Vorwärts schreiten und die Zwangsjacke anlegen?*"

„Ha, ha, ha", machte Ginger. „Selten so gelacht!"

Danach sagte er eine ganze Weile gar nichts. Offenbar war er mit seinem Affen in irgendeiner mystischen Meditation versunken. Als er wieder zu sprechen begann, wünschte ich, er hätte weiter den Mund gehalten, denn es gelang ihm mit einem Schlag, mein frisch erworbenes Selbstvertrauen zu erschüttern.

„Was, zum Teufel, soll eigentlich diese lächerliche Verkleidung?", fragte er.

Ich fiel fast vom Rad. „Löcher in der Hose und Fettglanz im Haar sind sexy!"

„Du siehst aus wie ein Vollidiot."

„Mädchen mögen das", belehrte ich ihn.

„Nein, tun sie nicht. Mädchen mögen jemanden, der normal ist, und mit dem sie ganz normal reden können, keinen Steinzeit-Primitivling, der sie im Bonbonladen angrunzt."

„Seit wann bist du denn plötzlich der große Liebesexperte?", schnaufte ich wütend. „Bis jetzt konnte ich nicht gerade feststellen, dass sich Massen liebestrunkener Mädchen einen Pfad zu deiner Tür bahnen."

„Mir doch egal."

„Bist du schwul?" Das brachte ihn auf die Palme. Es war, als hätte ich behauptet, Gingers Lieblingssender sei Radio Rose mit der Schmalz-und-Schunkel-Musik.

„Du kannst mich mal!", sagte er und verpasste mir einen freundschaftlichen Tritt in die Nieren.

„Und warum hast du dann keine Freundin?", presste ich röchelnd hervor.

„Wer sagt denn, dass ich keine habe?", erwiderte er.

„*Du* hast keine!"

„Und ob!", log ich. „Fast."

„Ich habe mehrere Bewerberinnen", sagte Ginger. „Aber ich warte lieber, bis ich eine kennen lerne, die ich wirklich mag."

Ich starrte ihn an. „Wozu denn das? Ginger, hast du denn keinen blassen Schimmer? Mädchen wachsen doch nicht auf Bäumen! Du musst jede Gelegenheit nutzen, du musst auf den ersten Zug springen, der vorbeifährt. Vielleicht kommt kein anderer mehr ... nie mehr!"

Genau in diesem Moment, wie um mich auf die Probe zu stellen, erschien das märchenhafte Mädchen in der violetten Schuluniform, das jeden Morgen an uns vorbeiradelte. Bis jetzt hatte ich noch nicht den Mut gefunden, sie anzusprechen. Und nun bog sie aus einer Seitenstraße ein und segelte direkt auf uns zu!

„Das ist deine Chance", sagte Ginger. „Verabrede dich mit ihr!"

„Was, jetzt sofort?" Ich zögerte. Der Anblick ihrer schwarzen Strumpfhose betäubte mein Gefühl für Raum und Zeit.

„Du bist doch hier der Sexprotz!" Ginger grinste.

Die Suppe hatte ich mir selber eingebrockt. Nun musste ich sie wohl oder übel auslöffeln.

„Dann tu ich's eben!" So nervös war ich nicht mehr gewesen, seit Mama mich mit einem Duschprospekt im Bad erwischt hatte. „Mmworfffgg", murmelte ich, als Violetta vorbeisauste, und hob als Zugabe sogar die Hand zu einem angedeuteten Winken, sobald ich sicher war, dass sie mich nicht mehr sehen konnte.

„Mmworfffgg!", brüllte Ginger. „Was soll denn das heißen? Du musst dich ein bisschen mehr anstrengen, Johnny!" Er drehte sich um und machte es vor. „Guten Morgen!", schrie er der violetten Prinzessin hinterher – die auch prompt anhielt und ihm zuwinkte!

„Hallo, Ginger!", rief sie. Dann radelte sie davon. Niemand kann sich vorstellen, was das für ein Gefühl war. Es war, als hätte man seine eigene Mutter mit dem Milchmann im Bett überrascht. Oder als ob man nach langer Zeit plötzlich feststellen müsste, dass Omas Milchreis aus der Dose kommt!

„Verräter!", keuchte ich. „Sie gehört mir! Ich bin derjenige, der wegen ihr nachts wach liegt, nicht du!"

„Sie ist bei Bernard im Judokurs", sagte Ginger. „Hab ich das gar nicht erzählt? Wir hatten letzte Woche einen Kampf auf der Matte, ganz eng! Sie bewegt sich einfach göttlich."

Ich wollte nichts mehr davon hören. Ginger hatte Mädchenbekanntschaften und ich nicht – was für ein absurder Gedanke! Spielte denn plötzlich die ganze Welt verrückt?

15

Wie bewahrt man bei einer Mega-Provokation die Ruhe?

Man macht nicht alle Mädchen an
– es zählt ja nicht die Masse,
wenn man die EINE lieben kann,
die WAHRE, die mit Klasse!
Andererseits:
Sähe EINE auch mal mich,
statt Ginger anzugaffen,
liebte sie mich sicherlich
mehr als diesen Kung-Fu-Affen!

(Johnny Casanova – im Bunde mit dem kleinen grünen Kobold namens Eifersucht)

Wer ist die Richtige?

Nachdem wir unsere Fahrräder abgestellt hatten, schlenderte ich finsteren Blickes über den Schulhof, als ob düstere Gedanken mich quälten. Ich versuchte, erwachsene Überlegenheit auszustrahlen, aber in Wirklichkeit kämpfte ich bloß gegen das übermächtige Verlangen, den Miezen hinterherzujagen. Es hatte mich bereits im Fahrradschuppen überwältigt und all meine guten Geburtstagsvorsätze auf einen Schlag zunichte gemacht. Wenn ich irgendwann wirklich eine reife, treue Beziehung mit dem Mädchen meiner Träume haben wollte, würde ich lernen müssen, mich mit heldenhafter Anstrengung zusammenzureißen.

Unter all den altbekannten Gesichtern entdeckte ich ein neues, einen großen Jungen mit kurzem, blondem Haar und Akne. Ich stieß Ginger an.

„Also, wenn ich mal so aussehe ...", sagte ich.

„Er kann doch nichts dafür", unterbrach mich Ginger.

„... dann schenk mir eine Papiertüte, zum Über-den-Kopf-Ziehen", fügte ich hinzu. Da rief eine Stimme von den Toiletten „Johnny!" zu mir herüber.

„Wer ist denn das?", fragte Ginger.

„Kim Driver", sagte ich. „Drivers sind unsere neuen Nachbarn. Mein Vater kann sie nicht ausstehen. Mr Driver fährt einen braunen Austin Maxi mit Sitzschonern aus Kunstpelz."

„Na toll!", sagte Ginger.

„Aber Kim ist in Ordnung."

Kims Lockenkopf tauchte in der Menge auf und kam langsam näher.

„Alles klar?", fragte Kim.

„Alles klar", echote ich. „Und bei dir?"

„Ganz okay. Gar nicht so schlecht, die Schule."

„Das ist Ginger."

„Hi."

„Heute ist Kims erster Tag hier."

„Bist du von weiter oben im Norden?", fragte Ginger, dem Kims Akzent aufgefallen war.

„Ja, ich komme aus Hull", sagte Kim. „Aber da sind wir weggezogen, als ich sieben war. Wir haben in Weymouth gewohnt, bis mein Papa befördert wurde."

„Er macht Bombengeschäfte mit Windeln für Leute mit Blasenschwäche", erklärte ich. „Als Vertriebsleiter oder so."

„Willst du, dass ich dir ein paar Kampftechniken beibringe?", fragte Ginger mit forschendem Blick.

„Wieso?", fragte Kim.

„Na ja, falls dich jemand windelweich schlagen will, weil du aus dem Norden bist. Dann kannst du ihn für längere Zeit ins Krankenhaus verfrachten."

„Ich überleg's mir."

„Lass dir Zeit", sagte Ginger. „Nur, wenn du willst."

„Du hast nicht zufällig ein paar neue Mädchen gesehen?", fragte ich.

„Woher soll ich das wissen?", erwiderte Kim.

„Schließlich bin ich selber neu hier. Ich muss los. Bis später!"

„Hör mal", sagte Ginger, als Kim verschwunden war, „wenn du Mädchen kennen lernen willst, dann geh doch hin und stell dich vor!" Er deutete auf eine Gruppe neuer Mädchen, die dicht aneinander gedrängt am Springbrunnen stand wie eine ängstliche Schafherde bei Gewitter.

Ich suchte die Gruppe nach einer reiferen Braut ab, nach einer, die meinem fortgeschrittenen Alter entsprochen hätte, aber sie hatten die Köpfe zusammengesteckt und unterhielten sich, sodass ich ihre Gesichter nicht erkennen konnte. Ihre Rücken wirkten entmutigend. Wie eine abschottende Mauer. Plötzlich drehten sich alle gleichzeitig um und starrten uns an, weil wir sie anstarrten. Sie kicherten wie Ponys mit Schluckauf und schlugen die Hände vors Gesicht, als wäre unser Anblick das Allerkomischste im ganzen Universum, seit *Take That* ihr erstes Video gedreht hatten.

„Also los", sagte Ginger. „Geh hin, und sprich mit ihnen!"

Mit einem Mal verspürte ich überhaupt kein Bedürfnis mehr, die neuen Mädchen kennen zu lernen. Weder jetzt noch später.

„Es sind zu viele", zischte ich. „Sie sind in der Überzahl. Außerdem gefällt mir von denen keine Einzige." Die Wahrheit war, dass Mädchen in Gruppen mir mehr Angst einjagten als ein ganzer Zug voll betrunkener Fußballfans. „Ich suche schließlich nicht bloß irgendeine Freundin. Es muss schon die Richtige sein."

„Vorhin warst du aber noch ganz anderer Meinung",
protestierte Ginger. „Du hast zu mir gesagt, ich müsste
das erstbeste Mädchen nehmen, das mir über den Weg
läuft."

Mein überlegenes Lachen klang eine Spur verächtlich.
„Ginger", sagte ich, „eines Tages wirst du begreifen,
dass Liebe selten beständig ist. Zum Beispiel bei Napoleon: Während er eine Schlacht nach der anderen führte
und langsam durchdrehte, trieb er es die ganze Zeit mit
Josephine. Und eines Nachts sagte er urplötzlich: ‚Nein,
heute nicht, Josephine.' Stell dir mal vor, wie verwirrt die
arme Frau war. Liebt er mich noch, oder liebt er mich
nicht mehr? Vielleicht gefällt ihm mein neues Parfum
nicht, oder vielleicht hat er zu viel Schnaps getrunken?
Der Grund war, dass Napoleon einfach keine Lust hatte.
Liebe ist eben nicht beständig – kapiert?"

„Du hast doch bloß Schiss!", schnaubte Ginger.

„Du hast selber Schiss!"

„Ich bin auch nicht derjenige, der seinen Namen geändert hat und sich Casanova nennt. Und ich halte mich
auch nicht für den größten Liebhaber aller Zeiten!" Das
war eines der Dinge, die ich an Ginger so hasste: Wo er
Recht hatte, hatte er Recht.

Plötzlich rief ein großes Mädchen mit langen schwarzen Haaren: „Wie heißt du denn, Kleiner?", worauf Ginger und ich uns beide gleichzeitig nach ihr umdrehten.
„Dich meine ich!", rief sie und zeigte auf mich. Auf *mich*!
So eine Unverschämtheit! Ich wollte irgendetwas Unflä-
tiges zurückbrüllen, aber so spontan fiel mir nichts ein,

20

das verletzend genug gewesen wäre. Und sie war *wirklich* doppelt so groß wie ich.

Also ließ ich ihr die Frechheit durchgehen und wünschte stattdessen der vorbeirauschenden Direktorin einen guten Morgen. Ihre Antwort war ein vernichtender Blick und der Rat, mir meinen Flaum abzurasieren.

„DU SIEHST AUS WIE EINE PUSTEBLUME!", brüllte sie mit ihrer Donnerstimme.

„Besten Dank", dachte ich, „und Sie sehen immer noch aus wie etwas, das die Katze von draußen reinschleppt." Aber ich sagte es natürlich nicht laut, sondern drehte schnell meinen knallroten Kopf weg und schlich hinüber zum Bretterzaun, um die Astlöcher einer eingehenden Untersuchung zu unterziehen. Ginger kam hinter mir her. Er ritt immer noch auf dem Witz mit „Kleiner" herum.

„Da drüben stehen zwei Liliputanerinnen", kicherte er, stieß mir den Ellenbogen in die Seite und deutete auf zwei einsame Mädchengestalten, die etwa zehn Meter von uns entfernt standen. „Vielleicht haben die ja die richtige Größe für dich!"

Ich konnte mir die Blamage nicht erlauben, nacheinander zwei gute Gelegenheiten auszuschlagen. Also ergab ich mich in mein Schicksal und begann, aus einiger Entfernung die beiden Mädchen wie ein großer weißer Hai zu umkreisen und sie dabei in Augenschein zu nehmen. Es waren eineiige Zwillinge. Was für ein Glück, denn dann würde es egal sein, welche von beiden mich erwählte ... Und so furchtbar klein waren sie gar nicht. Eigent-

21

lich waren sie sogar ganz hübsch, ungefähr wie zwei welkende Rosen. Blonde Pagenkopffrisuren umrahmten ihre aschfahlen Gesichter – sie sahen aus wie eine einzige Person, die ein Blitz in der Mitte gespalten hatte.

„Komm schon!", sagte Ginger und versetzte mir einen Schattenboxhieb. „Für jeden eine!"

„Au!", jammerte ich. Bei seinem zweiten Boxhieb hatte Ginger sich verschätzt und mir den Oberarm geprellt. „Du Idiot, das tat sauweh!"

Ich folgte ihm zu den Zwillingen hinüber, wobei ich die Vorteile meiner neuen Frisur so optimal wie möglich ausnutzte. Ich versenkte meine Hände in die Hosentaschen und brachte so einen beeindruckenden Buckel zu Stande, die Schultern gerundet und den Hals nach vorne gekippt. Dies wiederum hatte zur Folge, dass meine Haarsträhnen nach vorn fielen und mir nun locker über den Augen hingen. Natürlich konnte ich so nichts sehen, geschweige denn überprüfen, wie ich auf die Zwillinge wirkte. Aber sie hielten mich mit Sicherheit für total lässig und durchtrieben. Ginger gab sich keine Mühe, scharf auszusehen. Er ging einfach zu ihnen hin und sagte „Hallo". *Einfach so!* Cool wie ein Kühlschrank! Er tat nicht so, als ob er was verloren hätte, er behauptete nicht, dass er die beiden irgendwann bestimmt schon mal gesehen habe und sich bloß nicht erinnern könne, wo ... Er probierte es nicht mal mit einer blöden Anmache wie: „Seid ihr öfter hier?" Ginger sagte einfach nur „Hallo", als wüsste er, dass sie ihn sofort nett finden würden. Und das Komische war: Sie fanden ihn wirklich nett. Sie sagten ebenfalls „Hallo", und damit war das Gespräch eröffnet.

„Ich heiße Ginger."

„Ich heiße Daisy. Und das ist meine Schwester, Alice."

„Seid ihr Zwillinge?"

„Ja", antworteten sie gleichzeitig. Zugegeben, unser Gespräch verlief nicht gerade hochromantisch, aber es erfüllte seinen Zweck hervorragend.

„Wir sind die beiden Rosenmädchen", sagten sie.

„Und warum streut ihr dann keine?", mischte ich mich ein, um sie mit meinem Witz zu betören.

„Ach was, das ist unser Name", sagte Alice. „Alice und Daisy Rose." Ich kam mir vor wie ein Idiot und lächelte tapfer weiter.

„Du hast ja rotes Haar", sagte Daisy zu Ginger.

„Ja", erwiderte er, „genau wie meine Mutter."

Während die Unterhaltung weiterging, wurde mir auf einmal kristallklar, dass mein Beitrag gleich null war. Ich kam mir vor wie die Vorgruppe bei einem Rockkonzert, die niemand hören will.

„Hi, ich bin Johnny", bemerkte ich, um den Verlauf des Gesprächs zu korrigieren. Sie ließen mir Zeit, diese faszinierende Neuigkeit etwas weiter auszuführen. „Äh ... Johnny Casanova", fügte ich grinsend hinzu.

„Wir haben einen Cousin, der sieht dir total ähnlich", sagte Alice. „Er hasst es auf den Tod, sich die Haare zu waschen, weil ihm das Shampoo immer so in den Augen brennt."

„Also lässt er es lieber bleiben", ergänzte Daisy. „Das

Haarewaschen, mein ich. Deswegen sind seine Haare so fettig wie deine." Ich war nicht ganz sicher, wie ich das verstehen sollte. Es warf mich völlig aus der Bahn. Inzwischen hatte Ginger ein Lächeln aufgesetzt und kratzte sich am Ohr. Die beiden lächelten zurück. Er musste einen Moschusduftstein in seinen Boxershorts versteckt haben, so wie die Mädchen plötzlich alle auf ihn flogen.

„Na", hörte ich ihn ohne jede Anstrengung sagen, „seid ihr denn schon immer Zwillinge gewesen, oder ist das eines Tages einfach so passiert?"

Das süße Klingeln ihres Gelächters stieß mir einen Dolch ins Herz. Zweifach abgewiesen, zog ich mich mit all der Würde eines nackten Spaziergängers zurück, der vor den Augen von sechstausend Zuschauern versehentlich das achtzehnte Grün eines Golfplatzes betritt.

Wo waren sie nur, all die netten neuen Mädchen, die auf *mich* standen? So langsam fragte ich mich, wozu ich mir überhaupt die Mühe gemacht hatte, wieder zur Schule zu gehen. Merkten die neuen Bräute denn nicht, welch schillernde Persönlichkeit ihnen da entging?

Von den altbekannten Gesichtern waren alle noch da, leider. Alle bis auf Deborah Smeeton – die kleine Miss Metallmund, Cyborg Girl, das Mädchen mit der sperrigen Spange, das in den letzten zwei Jahren wie eine Klette an mir geklebt hatte, um einen Kuss von mir zu ergattern. Ich schnappte mir Cecil Simpson, der mit den Jüngeren gerade Hüpfen spielte, und fragte ihn nach Deborah.

„Hallo, Johnny", sagte er. „Findest du mich nett?"

„Geht so", murmelte ich. „Wo ist Deborah?"

„Sie ist fort", sagte er traurig. „Ach Johnny, ich habe sie geliebt. Von ganzem Herzen."

„Wo ist sie hin?"

„Sie ist umgezogen, damit sie es nicht mehr so weit hat zu ihrem Kieferorthopäden." Cecil wirkte wie am Boden zerstört. Ich beklopfte ihm den Rücken, um meine Anteilnahme zu bekunden.

„Du wirst schon eine andere finden", log ich aufmunternd.

„Ich glaube nicht." Er schluckte. „Ich hab mir in den Ferien so einen Ausschlag geholt, im Strandbad von Bognor."

„Oh, das tut mir Leid." Ich machte mich schnell davon, bevor er mich ansteckte, und lief geradewegs meiner Ex-Angebeteten Alison Mallinson in die Arme. Sie verbarg sich hinter dem großen, auffälligen Titelbild der Zeitschrift *Bräute und Brautjungfern*. So was gehört auch zu den Dingen, die ich hasse: Wenn einem jemand etwas mitteilen will, ohne einen Ton zu sagen.

Ihr Kavalier Timothy Winchester, ein eifersüchtiger Brutalo-Schönling mit den Muskeln und dem IQ eines narkotisierten Nashorns, packte mich am Kragen meiner Schuluniform.

„Hände weg, Worms!", brüllte er. „Wir sind verlobt!"

„Ich hoffe, dass ihr sehr glücklich werdet", keuchte ich und heuchelte ein Lächeln. „Mögen all eure Kinder menschliche Wesen sein. Ich muss weiter!" Sicher wirkte es, als ob die Angst mich davontrieb, aber der wahre Grund war, dass ich etwas Interessantes entdeckt hatte.

Etwas weiter hinten auf dem Schulhof schrie eine Gruppe Jungen wild durcheinander. Ich schlenderte hinüber, um zu sehen, was der Grund für ihre Aufregung war. Als ich mich in die hinterste Reihe stellte, sah ich, wie ein umgekehrtes Paar Schuhe an den Köpfen meiner Vordermänner vorbeihuschte. Ich drängelte mich nach vorn, erblickte die Besitzerin der Schuhe und befand mich augenblicklich in einem süßen Traum. Die Göttin der Liebe schlug dort höchstpersönlich auf dem Betonboden Rad. Sie ließ sich auf die Füße fallen, bückte sich und schwang sich in den Handstand, die Füße gegen die Mauer gestützt. Mein Atem geriet außer Kontrolle, als ihr kurzer Rock auf die Hüften rutschte. Sie war fantastisch! Ich beschloss, Ginger zu holen, zog ihn von Alice und Daisy fort und drückte seinen Kopf durch die wuchernde menschliche Mauer.

„Sieh dir das an!", keuchte ich. „Ich bin verliebt!"

„Bloß, weil du ihr Höschen siehst", sagte Ginger.

„Verdirb nicht alles", erwiderte ich. „Klar, sie hat ein hübsches Höschen, aber sie sieht außerdem toll aus, und ich wette, sie hat auch was im Kopf. Was schätzt du, wie alt sie ist?"

„Fünfzehn", sagte Ginger.

„Endlich", seufzte ich. „Sie ist perfekt!" Die Menge klatschte Beifall, als das Mädchen die Beine herunterschwang, dann in die Brücke ging und in dieser Haltung im Kreis stelzte.

„Sie heißt Bosie Cricket und hat hier ein Stipendium für Sport", sagte eine Stimme an meinem Ohr.

26

„Damit bist du aus dem Rennen!", sagte Ginger hämisch.

„Ich bin doch sportlich!", verteidigte ich mich.

„Nein, bist du nicht. Du denkst viel zu viel an Mädchen", erwiderte er.

„Ich will sie haben, Ginger. Sie ist so ... gelenkig!"

„Sie ist meine beste Freundin", sagte die Stimme an meinem Ohr. Was für eine gute Nachricht! Ich drehte mich zu meiner unbekannten Informantin um und gewahrte ein Paar riesige Ohren, von denen billiger Goldschmuck herabtriefte. Das Mädchen hatte lange schwarze Haare, die mit Wet-Gel zurückgekämmt waren. Sie wirkten wie mit Tapetenkleister angeklebt. Über den Augen ringelten sich zwei Löckchen. An ihrem Arm hing der letzte Loser, offensichtlich ihr Freund, denn seine Frisur war genauso eine Riesenkatastrophe: Er hatte gebleichte, kurz geschorene Haare und einen ausgefransten Pony. Über den Hemden trugen sie beide die gleichen Kettchen, auf denen ihre Namen eingraviert waren: Sharon und Darren.

„Wie nett, dich kennen zu lernen", sagte ich mit zuckersüßer Stimme zu Sharon. „Wenn du Bosies beste Freundin bist, dann kannst du mich ihr doch sicher vorstellen."

„Du kannst dich selber vorstellen. Sie will sich nach der Schule bei der Schwimmmannschaft bewerben", antwortete Sharon.

Meine Ehre war wiederhergestellt. Ich hatte meine zweite Hälfte gefunden. Nun musste ich nur noch eine

Badehose klauen, damit meine zweite Hälfte auch *mich* finden konnte!

Was mir Sport bislang bedeutete

Schnelle Bälle, hartes Leder
auf dem Bolzplatz mag nicht jeder.
Nordpolwind bei jedem Spiel,
Beine wie zwei Eis am Stiel.
Harte Kerle, Sportskanonen,
die ihr Nasenbein nicht schonen,
die kalt duschen ohne Eile,
mit Vergleich der Körperteile.
Wozu all die Rennerei?
Mir wird doch nur schlecht dabei.
Ein Sport, bei dem ich wenig motze,
ist Damenhockey in der Glotze.
Mit tausend Mädchen auf den Rängen,
die kreischend an die Bande drängen.
Wie wunderbar –
da wär ich gerne Hockeystar!
Doch nun, seitdem ich Bosie kenne,
ist Schluss mit Ächzen und Geflenne.
Hoch die Hanteln! Ab sofort
fang ich an mit Leistungssport!

(Johnny Casanova – beim Training für einen Dauerlauf durch hübsche, kurvenreiche Gebiete – wenn ihr wisst, was ich meine ...)

Explosion der Liebe

Die Badehose zu klauen war einfach. Ich wartete, bis alle Jungen im Umkleideraum ihre Hosen ausgezogen hatten. Dann ließ ich Ginger aus voller Kehle „Feuer!" brüllen. „Ruhe bewahren, und sofort das Gebäude verlassen!"

Um ein Haar hätte er „... und sofort die Badehosen verlassen!" gebrüllt, erzählte er mir später. Damit wäre natürlich alles vermasselt gewesen.

Der Umkleideraum leerte sich schneller als eine Dusche voller Mädchen, die in den Kacheln Gucklöcher entdeckt haben. Der Trick erwies sich sogar als doppelter Knaller – er bescherte mir nicht nur eine Badehose für die Schwimmprüfung, sondern auch den unvergleichlichen Anblick von Timothy Winchester, der nur mit unanständig weiten, ausgeblichenen Unterhosen bekleidet halb nackt auf dem Schulhof stand, während Scharen von Schülern an ihm vorbeidefilierten und „Heil dir, o Cäsar!" riefen.

Timothy schrie Zeter und Mordio, als er feststellte, dass seine Badehose weg war.

„Aber ich bin der beste Schwimmer der ganzen Schule!", flehte er die Lehrerin, Miss Percival, an.

„Nicht ohne Badehose", erwiderte sie kurz und bündig. Miss Percival war der einzige Mensch, den ich kannte, der ohne Nasenklemme synchronschwimmen konnte, denn sie hatte von Natur aus boshaft verkniffene Nasenlöcher. „Du kennst die Regeln: keine Badehose, keine Teilnahme!"

„Aber ich habe mir für die Schwimmprüfung extra die Brust rasiert!", entfuhr es Timothy. Sein Y-förmiger Oberkörper bebte, und er schnappte nach Luft wie ein Tunfisch auf dem Trockenen. Das Gefühl, ungerecht behandelt zu werden, verschlug ihm den Atem. Dies schien mir der passende Moment für meinen Auftritt zu sein.

„Entschuldigen Sie, Miss", sagte ich und hob höflich die Hand. „Könnte ich nicht schon mal am Turmspringen teilnehmen, während Timothy noch seine Badehose sucht?" Schwimmen konnte ich nicht die Bohne, aber mich von einem Sprungbrett aus ins Wasser fallen zu lassen, erschien mir nicht allzu schwierig.

Timothys Augen sprangen fast aus ihren Höhlen. „Das ist *meine* Badehose!", brüllte er wütend. „Der Typ hat meine Badehose an!" Er stürzte sich auf mich wie eine sexhungrige Oma bei einem Auftritt der Chippendales. Der Schmerz nahm mir den Atem, als er mit einem grausamen Griff versuchte, mir das dünne Gewebe vom Unterleib zu reißen.

„Aaaaaah!", schrie ich und verstärkte den Effekt mit einigen noch qualvolleren Schmerzensschreien. „Er hat mich am ... ooh, aah, gnnnnn! Ich glaube, ich brauche einen Arzt, Miss!"

Aber Miss Percival schwieg. Ihr Mund hatte sich zu einem erstaunten O geformt, doch sie sah tatenlos zu, wie Timothy sich auf meinen Kopf setzte. Ein gurgelnder Laut entrang sich meiner Kehle, als mein Hals zusammengedrückt wurde wie eine Ziehharmonika. Echte Tränen traten mir in die Augen, und ich war kurz davor, den wahren Besitzer der Badehose anzuerkennen, als ich ein kleines Büschel schwarzer Haare hinten an Timothys Oberschenkel zu fassen bekam und es ausriss. Augenblicklich war der Kampf beendet. Timothy brüllte auf und rannte, sich die schmerzende Stelle haltend, davon.

Inzwischen hatte Miss Percival ihre Sprache wieder gefunden. „Das wirst du der Direktorin erklären, Timothy", kreischte sie hinter ihm her.

Siegreich schlitterte ich zum Beckenrand hinüber, wo sich die anderen Schwimmer über meine geklaute Badehose lustig machten. Sie war mir auch vorher schon zu groß gewesen, aber nach dem unsittlichen Handgemenge schlackerte sie mir um die Knie wie die Pluderhose eines Sultans.

In diesem Moment erschien Bosie in einem eng anliegenden schwarzen Badeanzug.

Über enge Badeanzüge

Oh enger Stoff,
wie hast du Glück!
Wär ich doch von dir ein Stück!

(Johnny Casanova – der dringend eine kalte Dusche braucht, und zwar pronto monto)

Ihr rotbraunes Haar hatte sie fest zusammengesteckt, was ihren aufregenden Körperbau betonte. Selbstsicher lief sie über die glatten Fliesen auf uns zu und frottierte sich dabei mit ihrem Handtuch sanft den Nacken. Ich strich mir die Haare hinter die Ohren, saugte die Wangen nach innen, um cooler zu wirken, und blickte angestrengt aus dem Fenster gen Himmel. Es sollte desinteressiert wirken, doch in Wahrheit beobachtete ich ihr Spiegelbild in der Scheibe und geriet beim Anblick ihres Model-Hüftschwungs in geistige Verzückung. Bosie wusste genau, was für eine Wirkung sie auf Jungen hatte. Und ich kapitulierte. Meine Beine wurden zu Wackelpudding, ich stolperte über den Beckenrand. Das Wasser schlug mir ins Gesicht und brachte mich wieder zur Besinnung. Instinktiv kämpfte ich mich hinauf in Richtung Oberfläche. Aus der Ferne drang Gelächter zu mir, und ich merkte, dass ich eine erstklassige Witzblattfigur abgegeben hatte. Was sollte ich tun? Ertrinken wäre am wenigsten peinlich gewesen, aber wenn ich mich umbrachte, würde ich Bosie niemals kennen lernen. Unten am Beckenboden konnte ich auch nicht ewig sitzen bleiben, weil mir schon die Lungen brannten. Ich musste auftauchen und mich der Situation stellen. Spuckend und hustend, mit rudernden Armen schoss ich aus dem Wasser. Mit der einen Hand klammerte ich mich an den Beckenrand, mit der anderen versuchte ich, mir die Haare aus den Augen zu streichen. Ich rutschte ab und fiel ins Becken zurück, aber diesmal bekam ich Wasser in den Mund, und meine Lungen füllten sich wie ein Aquarium.

Mir war, als schwebte ich durch donnernde Stille, einge-
hüllt in flüssige Gelatine. Meine Arme und Beine beweg-
ten sich in Zeitlupe, als ich den verschwommenen Gesichtern zuwinkte, die auf mich herunterblickten.

Ein gedämpfter Schrei war zu hören. „Er ertrinkt!"
Und plötzlich war ein zweiter Körper neben mir im Wasser. Kräftige Hände packten mich, bugsierten mich nach
oben ans Licht und warfen meinen Körper über den
Beckenrand wie ein schlaffe Gliederpuppe. Bevor ich
reagieren konnte, rollten mich einige Händepaare auf den
Rücken und scheuerten mir die Schulterblätter wund,
indem sie mich über die genoppten Fliesen in Sicherheit
schleiften. Im nächsten Moment stellte ich mit Erschre-
cken fest, dass die tränenüberströmte Miss Percival bereits die Faust geballt hatte und zur Herzmassage ausholte, einem brustbeinzerschmetternden Schlag, den sie als
Erste-Hilfe-Ausbilderin in der Armee gelernt hatte.

„Alles in Ordnung!", blubberte ich und konnte den
Hieb gerade noch abwehren. „Das war doch alles Ab-
sicht!", stammelte ich spuckend, um meine Ehre zu retten. Miss Percival klappte vor lauter Erleichterung zusammen. Ihre Schwimmstunde entwickelte sich wirklich
zu einer harten Prüfung.

„Wer hat mich herausgeholt?", fragte ich und setzte
mich auf. Die Runde gaffender Köpfe teilte sich.

„Das war ich", sagte meine Retterin. Sie wischte sich
das Wasser von ihren langen, schlanken Armen. „Hallo.
Ich heiße Bosie!" Ihre Stimme klang engelsgleich.

Im Leben eines jungen Mannes gibt es einen Punkt, an

dem er plötzlich deutlich merkt, was für ihn wichtig ist. Bosie hatte mir gerade das Leben gerettet, und ich wusste, ich würde nie wieder derselbe sein. Eine spontane Explosion der Liebe fand in meinem Kopf statt, und der Sinn meines Lebens offenbarte sich mir in einer vollendeten Vision, so deutlich, dass ich vor Rührung hätte weinen können. Es war Bosie. Die Götter hatten gesprochen. Mein Herz würde für immer in ihren Händen liegen. Sie war mein Schicksal, meine Frau.

„Was ist denn nur passiert?", fragte Bosie.

Mit der Wahrheit hätte ich mich bloß zum Trottel gemacht. „Ich ... habe meine Sprungtechnik getestet", sagte ich etwas zögerlich und versuchte, meinen Punktestand in Coolness etwas aufzubessern, indem ich mich erhob und das Zweimannzelt um meine Hüften zurechtrückte. „Es ist eine neue Technik, die ich vor kurzem selbst erfunden habe: ein doppelt gehechteter Bombensalto vorwärts mit Bauchklatscher. Ich glaube nicht, dass ich noch länger daran feilen werde."

„Es sah ziemlich gefährlich aus", sagte Bosie. Sie lächelte und zog dabei die Nase mit den Sommersprossen kraus.

„Das soll es auch. Die Kunst dabei ist, es so aussehen zu lassen, als ob man hineinfällt", sagte ich. Im selben Moment schoss mir ein Wasserfall aus der Nase, der mindestens die Hälfte meines Hirns mit hinausspülte. Ich murmelte eine Entschuldigung und wandte mich ab, um mir mit dem Handrücken die Rotze von der Oberlippe zu wischen. Oh Gott, alles ging total schief! Aber ich tat, als wäre nichts geschehen, und konzentrierte mich wieder auf unser Gespräch. „Ja, ja, der schöne Schwimmsport! Und was für Schwimmstile hast du so drauf?"

„Alle", sagte Bosie – da ertönte Miss Percivals Triller-pfeife, die das Schwimmteam zur Ordnung rief. „Aber Brust mag ich am liebsten."

Bosies Schwimmkunst war göttlich, und als sie sich nach ihrem Wettkampfsieg aus dem Wasser zog, konnte ich mir eine beiläufige geistreiche Bemerkung nicht ver-kneifen.

„Brust mag ich auch am liebsten!", sagte ich und grins-te sie frech an.

„Warum machst du dann nicht mit?", fragte sie.

„Ich rede nicht vom Schwimmen", antwortete ich mit hochgezogener Augenbraue und kicherte anzüglich wie die Typen in dieser Flirtshow Freitagabend.

„Oh, du meinst Sex!", erwiderte sie. Unglaublich, was für eine Schnitte! Sie sprach schon von Sex, bevor sie meinen Namen kannte!

Ich musste jetzt ganz locker und selbstverständlich ein paar schlüpfrige Sprüche bringen, das war mir klar. Aber vor lauter Aufregung sprang meine Stimme eine Oktave höher, und alles, was ich herausbrachte, war das Jaulen eines Schoßhündchens.

„Willst du wissen, was meine geheimste Fantasie ist?", flüsterte sie mir ins Ohr. Ich nickte so stark, dass mein Kopf flatterte wie eine Katzenluke bei Durchzug. „Vierzig Minuten Knutschen, ohne Luft zu holen." Ich deutete durch ein Grunzen an, dass dieser Wunsch durchaus auf Gegenseitigkeit beruhte. Bosie war einfach völlig abgefahren! „Und zur Zeit bin ich auf der Suche nach einem Freund", fügte sie hinzu und bückte sich nach ihrem Handtuch. „Bis da-hann ..."

In letzter Sekunde fand ich meine Sprache wieder. „Johnny ... Johnny Casanova. Ich ... du ... wir ... Ja?" Ich war so fertig, dass ich nur noch stammeln konnte. Am liebsten wäre ich hinter ihr hergerannt, aber Miss Percival hatte gerade meinen Namen aufgerufen und bestand darauf zu sehen, was ich beim Sprung vom Dreier so zu Stande brachte.

Ich brachte einen ernsthaften Schädelschaden zu Stande, als mein Kopf ins Wasser eintauchte. Er schien sich in der Mitte zu spalten wie eine Kokosnuss. Meine Beine klappten über die Schultern, und ich klatschte mit solcher Wucht auf den Rücken, dass eine sechs Meter hohe Gischtfontäne in die Luft schoss. Zum Glück wollten die anderen nicht mehr springen, nachdem sie Zeugen meiner schmerzhaften Bemühungen geworden waren – also nahm Miss Percival mich in die Mannschaft auf.

„Aber du brauchst eine neue Badehose", sagte sie. „Und zwar eine grüne, die Farbe unserer Schulmannschaft! Unser erster großer Wettkampf findet am Freitag statt – sagt bitte euren Eltern Bescheid. Danke, dass ihr gekommen seid!" Wir durften gehen.

Ich zog mich doppelt so schnell an wie sonst und verließ im Laufschritt den Umkleideraum, um Bosie auf dem Nachhauseweg abzupassen.

Am Schwimmbeckenrand war ich noch dreist gewesen, nun aber, als wir zwei allein waren, verkantete sich mein Gehirn. Ich wusste nicht, was ich sagen sollte. Allerdings wusste ich genau, was ich sagen *wollte* – unter anderem wollte ich Zeit und Ort für den besagten Vierzigminutenkuss vereinbaren, aber dann hätte sie mir prompt eine runtergehauen.

Plötzlich hatte ich einen Geistesblitz.

„Silberfisch", sagte ich. „Kartoffelkopf. Zauberkeks."

„Was redest du denn da?", fragte sie mich lachend.

„Ich suche nach den richtigen Worten, um mich mit dir zu verabreden", sagte ich verlegen.

Wieder lachte sie. Mein Gott, ich war richtig gut! Und was für wunderbare Lippen sie hatte!

„Und, willst du?", keuchte ich.

„Vielleicht", antwortete sie. „Samstagabend bin ich immer in der Eistruhe ... Warum kommst du nicht einfach dorthin? Dann sehen wir mal ..."

„In der Eistruhe?", fragte ich. „Ist das nicht ein bisschen kalt?"

„Das ist eine Disko", flüsterte sie mir zu, als sei ich der letzte Idiot.

Ich kam mir vor, als prangte auf meiner Stirn ein nicht abwaschbarer Stempel mit der Aufschrift „KEVIN – allein zu Haus". Ich grinste. „Ach, *diese* Eistruhe meinst du!", sagte ich mit zittriger Stimme und biss mir zur Strafe für meine große Klappe in die Wange. „Klar, da gehe ich auch immer hin." Es entstand eine kurze Pause, in der deutlich wurde, dass ich gelogen hatte. „Werden wir nur zu zweit sein?", erkundigte ich mich.

„Nein", erwiderte sie. „Alle meine Freunde sind auch da."

„Prima", sagte ich, „Freunde sind prima!"

„Und die Springenden Erdbeeren kommen!"

„Cool! Ist ja toll! Super: Boing, boing, hüpf mit mir in den Himmel hinein ... Springende Erdbeeren find ich echt am besten! Ich liebe Erdbeeren!"

„Das ist doch eine Gruppe!"

Ich wurde rot. „Klar ist das eine Gruppe, das weiß ich doch! Ich kann's gar nicht erwarten, mit dir zu knutschen, Bosie ... äh, zu tanzen, meine ich!" Am liebsten wäre ich tot umgefallen. Mein Mund hatte ein selbstmörderisches Eigenleben entwickelt. Jemand musste ihn mir zunähen!

Aber Bosie lachte bloß. Sie war überhaupt nicht beleidigt. Sie sagte einfach „Bis dann!" und ging davon. Ich konnte sie noch den ganzen Weg bis zur Bushaltestelle lachen hören.

Über die Liebe – die reife!

Oh Bosie,
du Rosie,
du Austern-Gelee,
du Häubchen aus Sahne
auf Pfirsich-Sorbet!
Du schwimmende Sünde,
du lieblicher Klang,
du Stimme der Töne
aus Elfengesang.

Vielleicht bist du zu Hause,
doch in Gedanken hier?
Geht dein Puls im gleichen Takt,
schön synchron mit mir?
Das will ich doch schwer hoffen!

(Johnny Casanova – in qualvoller Sehnsucht, endlich wieder ihre Stimme zu hören)

Geistig benebelt von Bosies bezaubernden braunen Augen schob ich mein Fahrrad über den Schulhof. Ich schwang mich in den Sattel, doch beim Gedanken an Bosies Minirock verlor ich die Kontrolle über den Lenker und krachte mit Volldampf in Kim Driver hinein. Kim hatte im Unterricht Bleistifte auf die Feuertreppe hinausgeschnippt und kam gerade vom Nachsitzen.

„Stell dir vor, was ich gerade erlebt habe! Das errätst du nie!", platzte ich heraus.

„Du bist plötzlich blind geworden." Kim rieb sich wütend die blauen Flecken.

„In gewisser Weise ja", sagte ich. „Blind vor Liebe. Ich habe eine richtige Freundin!"

Kim schien nicht sehr beeindruckt.

„Sie heißt Bosie."

„Bosie Cricket?"

„Woher weißt du das?"

„Sie war auf derselben Schule wie ich und ist dafür bekannt, dass sie einen Typen nach dem anderen aufreißt. Sie soll mehr Skalps unterm Bett haben als Winnetou."

Das hörte sich nicht so gut an. Meine Haare waren mir heilig.

„Sie geht ... also ... sie geht doch nicht wirklich mit dem Tomahawk auf einen los, oder?"

„Kann ich mir schon vorstellen", sagte Kim. „Wenn sie von einem Typen enttäuscht ist ..."

„Enttäuscht?" Ich schluckte. Fetzen eines verpatzten Gespräches über Eistruhen schossen mir durch den Kopf. „Glaubst du, dass sie von mir enttäuscht sein wird?"

Kim grinste, als ob das alles nur ein Spiel wäre. „Also, es ist zwar nur ein Gerücht, aber ich habe gehört, dass sie auf große Männer steht."

„Und du meinst, ich bin ihr zu klein?"

„Nein, nicht direkt", sagte Kim und rannte los, um sich vor meiner Faust in Sicherheit zu bringen, „aber zu mickrig!"

„Mickrig!", schrie ich und nahm die Verfolgung auf. „Ich zeig dir, wer hier mickrig ist!" Aber Kim sprintete hundert Meter in zwölf Sekunden, dagegen hatte ich mit meinen kurzen Beinen keine Chance.

Gedanken über Größenunterschiede

Alle meine Freunde wachsen
und brauchen Riesenschuhe.
Doch meine Minifüße bringt
wohl gar nichts aus der Ruhe.
Ich muss mich in so manchen Fällen
auf die Zehenspitzen stellen!

Das ist wirklich ein Problem,
denn ein Kerl muss ganz bequem
auf seine Flamme runterschauen
und darf nicht kleiner sein als Frauen!
Ich will wachsen,
ich bin klein,
ich will endlich männlich sein!
Ich will, dass Mädchen voll Entzücken
zu mir in die Höhe blicken!
Könnte eine vor mir stehen
und meine Nasenlöcher sehen,
würde es mir besser gehen ...

(Johnny Casanova – aus seinem Mini-Büchlein „Mein Leben als Zwerg")

Diabolika

Siegesbewusst wie Hannibal, der mit seinen Elefanten von der Schlacht heimkehrt, radelte ich ein paar Minuten später die High Street hinauf. Ich trat so stolz und schwungvoll in die Pedale, dass die Passanten mir beeindruckt nachblickten. Wahrscheinlich war mir anzusehen, dass ich eine ernsthafte Beziehung führte, denn die älteren Damen warfen mir ehrfürchtige Blicke zu, als sei ich ein Familienoberhaupt, das Verantwortung trägt und Respekt verdient. Sogar der Schülerlotse ließ mich ganz allein über die Straße! Wahnsinn! So selbstbewusst hatte ich mich seit meinem Sieg beim Nintendo-Autorennen in der Spielhölle nicht mehr gefühlt. Bosie tat mir offensichtlich gut, und der Gedanke an meinen allerersten Diskobesuch in der *Eistruhe* bereitete mir ein angenehmes Lampenfieber. Am meisten beeindruckte mich allerdings, dass ich auf einmal wie ein Erwachsener dachte – ich rang mit abstrakten Vorstellungen und liebäugelte mit der Philosophie und so. Zum Beispiel begriff ich plötzlich, warum alle Popsongs von Liebe handelten, denn die Liebe ist wirklich eine Droge, die dich auffrisst. Und wenn man ungefähr achtzehn oder zwanzig ist, kann man an nichts anderes mehr denken. Alles außer der Liebe spielt keine Rolle. Nicht mal essen. Bosie hatte mir ganz neue Dimensionen eröffnet.

Aber eines machte mir immer noch zu schaffen. Das

kleine Wort „mickrig". Zugegeben, ich wusste ganz gut, worauf Kim anspielte: Obwohl ich innerlich bereits zum Manne gereift war, wirkte ich äußerlich nur wenig kräftiger als die Queen-Mum (obwohl ihr Bizeps vom vielen Hunde-Hochheben und Hüte-Aufprobieren wahrscheinlich noch besser entwickelt war als meiner). Wenn Bosie wirklich mehr auf starke Männer stand, musste ich vielleicht ein bisschen an Muskelmasse zulegen. Natürlich nicht aus Eitelkeit, sondern einfach aus praktischen Gründen – um die Risse in unserer Beziehung zu kitten, bevor sie überhaupt entstehen konnten –, so wie Erwachsene es tun.

Das heißt, alle Erwachsenen außer meinen Eltern, denn die benehmen sich wie Kinder. Als ich nach Hause kam, stand ein Streifenwagen mit offenen Türen quer in unserer Einfahrt, und ein paar Jungpolizisten in blauen Uniformen hielten meinem Vater und Kims Vater eine Standpauke. Der Rasen war übersät mit Müll – offenbar hatten die beiden sich gegenseitig damit beworfen. Papa mochte Mr Drivers Idee nicht, sein Haus mit Klinkern zu verkleiden, und Mr Driver mochte Papa nicht. Mein Vater fand Mr Driver zu gewöhnlich und war der Meinung, er schade dem Ansehen des Wohnviertels. Mr Driver fand, das Ansehen des Wohnviertels sei sowieso nicht mehr zu retten, seit mein Vater dort lebte. Außerdem konnte Papa Mr Drivers Akzent nicht leiden. Ich wollte schon vorbeigehen und so tun, als seien Papa und ich nicht miteinander verwandt, da kam Mama wie ein wirbelnder Derwisch aus dem Haus gerast. Irgendwo unter ihren Röcken kicherte Sherene, meine blöde kleine Schwester.

„Wo bist du gewesen?", kreischte Mama.

„Bei der Schwimmprüfung", sagte ich.

„Hab ich dir nicht gesagt, dass Pongo vor seinem Tierarzttermin gebadet werden muss?!"

„Ist doch noch ein paar Tage hin", murmelte ich. „Das kannst du ja auch morgen noch machen."

Mama schnappte nach Luft.

„Ach, kann ich das, Johnny? Wann denn, bitte? Nach meinem Schulfahrdienst und bevor ich deine Unterhosen wasche? Oder nachdem ich drei Stunden lang für euch Abendessen gekocht und Oma zum Bingo gebracht habe?"

„Iss find, du muss ihm eine kleeeben, weil er so fress is", lispelte Sherene.

„Sei still!", fauchte Mama. „Johnny, es ist *dein* Hund, der wegen seiner Dauerfurzerei eine lebensbedrohliche Operation durchzustehen hat! Wenn er auf dem OP-Tisch festgeschnallt wird, muss er einigermaßen hygienisch sein!"

„Ja, schon gut!" Ich hoffte, sie würde sich beruhigen, wenn ich nachgab. Leider tat sie es nicht.

„Du bist genau wie dein Vater! Immer nur: ich, ich, ich! Sieh ihn dir an, diesen Jammerlappen!"

„Das hab ich gehört!", brüllte Papa. Der schneidende Klang seiner Stimme ließ Mama zu Stein erstarren. Sie kniff den Mund zusammen und sah aus, als würde sie jeden Moment in Tränen ausbrechen. Zum ersten Mal fiel mir auf, dass sie Hunderte von winzigen Fältchen um die Augen hatte. Sie sah erschöpft aus.

„Tut mir Leid", sagte ich. „Ich hätt dran denken müssen."

„Es ist nicht wegen dir, Rübchen." Sie legte mir die Hand in den Nacken und küsste mich auf den Kopf. „Es ist wegen ihm. Er tut keinen Handschlag im Haus. Hat nichts anderes im Kopf als diese dummen Streitereien mit den Nachbarn."

„Von wegen dumm, du Küchenschabe! Hier geht's ums Prinzip!"

„Und es geht um einen Haufen Geld, das für teure Anwälte draufgeht!", brüllte Mama.

„Geh zurück in deine Küche!", brüllte Papa, worauf einer der Jungpolizisten seinen Knüppel zog und den beiden befahl, sich „jetzt aber, verdammt noch mal, ein bisschen am Riemen zu reißen!" Sein Versuch, die beiden zu bändigen, wirkte vielleicht ein bisschen naiv und hilflos – wie eine Nussschale, die bei Orkanböen in See sticht –, aber es funktionierte trotzdem.

Ein paar Minuten später hatte das Polizei-Milchgesicht meinen Vater tatsächlich dazu gebracht, unter den Augen eines äußerst zufriedenen Mr Driver auf allen vieren herumzukriechen und den Müll wieder aufzusammeln. Mrs Driver hatte dem jungen Beamten unterdessen einen frischen italienischen Kaffee aufgebrüht – wodurch die Situation endgültig außer Kontrolle geriet:

„Wunderbar", sagte der Bulle mit dem Becher. „Ein fantastischer Kaffee, Mrs Driver!"

„Das ist unser neuer Cappuccino-Automat", flötete sie stolz. „Dieser Kaffee schmeckt wirklich viel besser als löslicher!"

Papa erhob sich wutschnaubend und überhörte den Befehl des jungen Polizisten, sofort wieder an die Arbeit zu gehen. Stattdessen stürmte er ins Haus und wollte wissen, wo unser Kaufhauskatalog sei. Mama war gerade dabei, Pongo im Spülbecken abzuseifen.

„Wozu brauchst du den denn jetzt?", fragte sie und fasste Pongo an den Bauch, um den Seifenschaum aus seinem Fell zu spülen. Mit einem Jauler produzierte er eine Ladung Luftblasen im Wasser, die die Schaumdecke durchbrachen und den ganzen Raum in eine Wolke aus Gestank nach faulen Eiern tauchten.

„Wir brauchen unbedingt eine Kaffeemaschine", erklärte Papa.

„Aber wir trinken doch löslichen Kaffee", sagte Mama.

„Na eben!", knurrte Papa. „Wenn du glaubst, ich lasse zu, dass die Drivers der Polizei besseren Kaffee servieren als ich, dann hast du dich aber ganz gewaltig geirrt!"

„Aber das ist reine Geldverschwendung!", protestierte Mama.

„Das", erwiderte Papa, „entscheidet in erster Linie derjenige, der das Geld verdient."

Mama verfiel in ein furchtbares Schweigen. Es war nicht ihr Fehler, dass sie nicht arbeiten ging, schließlich musste sie sich um Sherene und mich kümmern. Aber Papa versuchte immer, ihr das Gegenteil einzureden. Gerade wollte ich Mama fragen, ob mit ihr alles in Ordnung war, da rannte sie schon in ihr Zimmer und knallte die Tür hinter sich zu.

Papa lief hinterher und schrie, dass er doch nur versuche, die Arbeitsbedingungen in ihrer Küche zu verbessern, und dass sie eine dumme Kuh sei, wenn sie das nicht kapiere.

Ich blieb zurück, um Pongo aus dem Spülbecken zu ziehen, bevor er darin ertrank. Anschließend ging ich einkaufen. Ich wollte mir auf der Stelle ein wirksames Mittel gegen meine mickrige Erscheinung besorgen. So würde ich mir hoffentlich Bosies Anerkennung sichern und sie lebenslänglich verpflichten können, Tag für Tag mit mir zu knutschen.

Über das Mann-Sein, wenn man den Körper eines Kindes hat

Ich fühl mich schon ganz männlich,
mein Blick ist hart wie Stahl
– nur schwere Einkaufstüten
sind mir eine Qual.

(Johnny Casanova – welche Jobs gibt es für Stabheuschrecken?)

Ich lief hinunter zu Mr Patels Kaufen-Sie-hier-Laden. Seit die Gesetze für den Verkauf verschreibungspflichtiger Medikamente gelockert worden waren, machte Mr Patel gute Geschäfte mit alten Lagerbeständen aus der Stadtapotheke. Zum Beispiel mit Sachen, bei denen das Mindesthaltbarkeitsdatum überschritten war. Nicht ge-

47

rade erste Wahl, aber billig. Ein neues Plakat im Schaufenster verkündete in Leuchtfarben, dass Mr Patels Laden nun MEHR AUSWAHL ALS BEI HARRODS – UND GÜNSTIGERE PREISE! zu bieten hatte. Bei seinen Werbeaktionen nahm Mr Patel es mit der Wahrheit nicht so genau. Als kleiner Unternehmer in unserer freien Marktwirtschaft musste er schließlich sehen, wo er blieb.

„Ich brauche ein Mittel zum Wachsen", erklärte ich.

„In die Länge oder in die Breite?", fragte Mr Patel.

„In beide Richtungen."

„Das ist kein Problem, Johnny Casanova. Mach es so wie ich! Bleib einsam und allein. Wenn du dich nicht gerade umbringst, wirst du anfangen, zum Trost einen Haufen Schokoladenkekse und Eiscreme zu verdrücken. Mit dieser Methode legst du tonnenweise Gewicht zu, unter Garantie!" Ich starrte auf Mr Patels Bauch. Obwohl er ihm eine gewisse Würde verlieh, wollte ich so etwas lieber nicht vor mir hertragen.

„Wenn ich's mir genau überlege, möchte ich doch nur in die Länge wachsen."

„Ah, ich nehme an, das hat etwas mit den Frauen zu tun!", bemerkte Mr Patel weise.

Ich schnappte nach Luft. „Woher wissen Sie das?"

„Ich war auch mal so ein Hemd wie du." Der alte Mr Patel zwinkerte mir zu. „Ich weiß, wie es ist, wenn man einer schönen Frau die ganze Nacht lang in die Achselhöhlen starren muss ... Heutzutage allerdings", er seufzte, „heutzutage allerdings gäbe ich so gut wie alles für dieses Vergnügen!" Kein Zweifel, Mr Patel war nicht mehr derselbe muntere und gut gelaunte Mr Patel wie früher. Er war gealtert, erschöpft und niedergeschlagen – und es machte nicht mehr so viel Spaß, sich mit ihm zu unterhalten.

„Sie haben also kein Mittel, das mich größer macht?"

„Ich habe eine superkurze Hose, der allerneueste Schrei, in der wirkst du garantiert größer", schlug Mr Patel vor.

„Versace?", fragte ich.

„Nein, Polyester", erwiderte er.

Ich schüttelte den Kopf. „Wie wär's mit einem Mittel, das mich ein bisschen aufpumpt?"

„Wenn du mehr Muskeln willst, Johnny, dann müsstest du dieses Zeug schlucken – wie heißt es doch gleich? Diabolika oder so ähnlich", sagte Mr Patel.

„Verkaufen Sie das?"

„Leider nicht. Es ist sehr gefährlich und außerdem nicht besonders nett zu Samenzellen."

„Dann würde ich es sowieso nicht nehmen", sagte ich hastig. „Mr Patel, ich bin in einem Alter, wo ich jede einzelne Samenzelle brauche! Man geht doch nicht mit ungeladener Büchse auf die Jagd, oder?" Mr Patels Antwort auf meinen kleinen Witz war ein verwirrter, um nicht zu sagen gelangweilter Blick. „Dann muss ich eben Eisen stemmen", fügte ich schnell hinzu.

„Eisentabletten führe ich nicht."

„Nein, ich meine Gewichtheben."

„Oh."

„Haben Sie ein paar Hanteln da?"

„Ähem." Mr Patel blickte verlegen drein. „Warum ist der Vorrat immer gerade dann zu Ende, wenn man etwas dringend braucht?"

So kam es, dass ich wenig später im Garten stand und mit einem Besenstiel trainierte, an dessen Enden jeweils sechs große Dosen Teegebäck hingen.

Über Fitness-Training

Mädchen wollen keine Rollen,
sondern Bäuche ohne Fett.
Mädchen stöhnen für die Schönen,
doch sie finden Dicke „nett".
(Das alles steht im Heft FÜR IHN,
dem großen Fitness-Magazin.)
Mädchen müssen Muckis küssen,
Schimmerhaut, geölt und straff.
Und warum bin ich trotz Training
immer noch genauso schlaff?

(Johnny Casanova – der sich nach dem Keksestemmen genauso mickrig fühlt wie vorher)

Gemütsschwankungen

Durch mein Bodybuilding bildete sich gar nichts. Mir blieben nur noch zwei Tage bis zum Wettkampf, und kein einziger Muskel ließ sich blicken, nicht mal eine leichte Erhebung. Am liebsten hätte ich dem Direktor der Teegebäckfirma einen Beschwerdebrief geschrieben und ihm meine Meinung über seine Dosenhanteln mitgeteilt.

Nun blieb mir nur noch eine Möglichkeit. Wenn ich Bosie im Becken mit einem Körper in Topform beeindrucken wollte, brauchte ich die Hilfe eines Profis.

„Bist du sicher, dass es ein Notfall ist?", fragte die Sprechstundenhilfe am anderen Ende der Leitung. „Frau Doktor hat wahnsinnig viel zu tun."

„Ich leide unter Zwergenwuchs", sagte ich. „Das ist doch wohl Not genug!"

„Das verstehe ich ja, aber wir können da sowieso nichts machen."

„Ich komm nicht an die Cornflakespackung, die auf dem Kühlschrank steht!", sagte ich.

„Dann iss doch Toast!", erwiderte sie messerscharf.

„Und außerdem könnte die ganze Sache sich demnächst äußerst schwerwiegend auf mein Liebesleben auswirken."

„Tut mir Leid, wir sind nicht die Telefonseelsorge", sagte die Sprechstundenhilfe.

„Aber ich habe Schwächeanfälle", fügte ich schnell hinzu, „und ich sehe schlecht."

„Bestimmt, weil du so klein bist."

„Nein, wegen der Stahlplatte in meinem Schädel, die mir auf die Augen drückt. Oh, bitte", bettelte ich, „Frau Doktor muss mich dringend sofort untersuchen! Das ist die Wahrheit, ehrlich!" Die Sprechstundenhilfe holte tief Luft, aber ich unterbrach sie, bevor sie zum hundertsten Mal sagen konnte, dass die Notärzte nur für Notfälle da seien. „Ich bin in zehn Minuten da", sagte ich. „Vielleicht auch fünfzehn. Wenn man so spindeldürre Beine hat wie ich, kann man nicht so schnell laufen wie andere Leute."

Ich wartete fünf Minuten im Sprechzimmer, bevor die Ärztin hereingestürmt kam und meine Unterlagen auf den Schreibtisch knallte. Sie hatte lange, dünne Finger wie Zeigestöcke. „Ideal, um in den Gedärmen der Patienten herumzuwühlen", dachte ich. Ihr Haar war braun und hatte eine komische graue Strähne vorne in der Mitte.

„Hat leider länger gedauert", erklärte sie knapp, „ich musste noch ein paar Hämorrhoiden verlöten. Also, was fehlt dir?"

„Ich habe aufgehört zu wachsen", sagte ich.

„Hattest du überhaupt schon damit angefangen?", kam die überaus witzige Antwort. Wie würde sie es wohl finden, wenn ich ihr sagte, dass sie wie ein Dachs aussah? „Du bist jetzt schon zum vierten Mal in diesem Monat hier", bemerkte sie nach einem Blick auf meine Karteikarte.

„Ich habe Probleme", sagte ich.

„Da bist du nicht der Einzige", brummte sie und musterte mich vorwurfsvoll. „Wie alt bist du, Johnny?"

„Vierzehn."

„Und du meinst nicht, dass diese Phase eingebildeter Krankheiten etwas mit dem Beginn deiner Pubertät zu tun haben könnte?" Da war es wieder, dieses Wort. Wenn es im Klassenzimmer fiel, kicherten wir immer, weil es nach Pupser und Furzer klang. Ich biss mir auf die Lippen und starrte auf meine Knie. „Bislang bist du bei mir gewesen, weil du unter einer Krächzstimme leidest und kleine schwarze Haare unter den Armen und im Schambereich kriegst – das bedeutet, deine Puber..." Ein prustender Lacher entwich meinen Lippen. „Habe ich etwas Amüsantes gesagt?", fragte sie kalt und fuhr fort, meine Krankengeschichte herunterzuleiern. „Ferner hast du mich aufgesucht, weil du ein Loch im Magen hast, das Dauerhunger verursacht, weil du dein Gesicht nicht mehr magst, weil dir Knie und Knöchel wehtun, weil du einen Hass auf deine Eltern entwickelst und dich zwanghaft von Spiegeln angezogen fühlst ... und, besonders auffällig, weil du dich lieber ins Bett legst, während der Rest der Familie zusammen vorm Fernseher hockt." Sie klappte die Karte zu. „Meinst du denn nicht, dass die Ursache für all diese Leiden ein und dieselbe ist?"

„Ich bin mir nicht sicher", sagte ich. „Glauben Sie wirklich, es hat etwas ... etwas mit dieser Sache da zu tun, von der Sie gesprochen haben?"

„Pubertät", sagte sie laut.

Ich riss mich zusammen, um meine sittliche Reife unter Beweis zu stellen. „Ja, genau. Wenn das der Grund ist, dann müsste ich im Brustbereich doch etwas zulegen, oder nicht? Aber da passiert nichts!"

„Das liegt daran, dass du kein Mädchen bist", sagte die Ärztin. „Falls dir das noch nicht aufgefallen sein sollte ..." Ich stöhnte auf vor Begeisterung über so viel anatomischen Humor. Ehrlich gesagt bin ich dafür, dass man alle Medizinstudenten gleich bei ihrer Geburt erwürgt, damit uns später ihre kindischen Witzeleien erspart bleiben.

„Ich meine doch die Entwicklung meiner Brust*mus-keln*!", sagte ich.

„Menschen entwickeln sich unterschiedlich", erklärte sie. „Lass mal sehen. Steh auf!"

„Das Problem ist ..."

„Öffne deinen Gürtel."

„..., dass ich morgen einen Schwimmwettkampf habe ..."

„Mach den Hosenknopf auf!"

„... und Bosie beeindrucken muss."

„Runter mit der Hose!"

„Und dann geh ich in die *Eistruhe*, denn ich hab wirklich Lust, mit ihr zu tanzen – aber was ist, wenn sie Rock 'n' Roll kann und an mir hochspringt und mir die Beine um den Hals legt und ich vielleicht zu schwach bin, um sie zu halten?"

„Einmal husten, bitte!"

„Hilfe! Was tun Sie denn da?" Die Hand der Ärztin glitt vorn in meine Unterhose und griff mir an den Sack! Kein

Kuss, kein gar nichts! „Sie haben Eishände!", kreischte ich.

„Du bist gesund", sagte sie. „Du kannst deine Hose wieder hochziehen." Das war leichter gesagt als getan. Nach dem anfänglichen Schock erwies sich die Untersuchung nämlich als recht anturnend, und meine Hose saß ziemlich straff. Ich wandte mich ab und zog den Reißverschluss vorsichtig hoch. Mit hochrotem Gesicht drehte ich mich wieder um – die Ärztin stand gerade am Waschbecken und wusch sich die Hände. Ich lächelte sie an. Vielleicht war es ja gar keine Untersuchung gewesen, sondern der aufdringliche Annäherungsversuch einer frustrierten älteren Frau (und wenn es sein musste, würde ich mir eine kleine Lektion in Handarbeit nicht entgehen lassen). Aber sie wusch sich immer noch die Hände, ohne das kleinste Zeichen von Zärtlichkeit.

„War's das?", fragte ich. Mein Lächeln erstarb.

„Ja", antwortete sie. „Ganz klar, es ist die Pubertät. Du machst unkontrollierbare Gemütsschwankungen durch und leidest unter Selbstzweifeln. Das ist vollkommen normal."

Ich musste laut lachen.

„Ich? Gemütsschwankungen? Schwachsinn!", sagte ich. „Ich bin total gut drauf! Ich bin scharf statt brav!"

„Tatsächlich?", erwiderte die Ärztin unbeeindruckt.

„Also, wann werde ich endlich männlich aussehen?"

„Bald", seufzte sie. „Voraussichtlich nächsten Dienstag. Und falls es ein bisschen länger dauern sollte, mach dir keine Sorgen. Du hast einen schönen Körper, Johnny.

Sei doch mal zufrieden!" Sie drückte den Knopf ihrer Gegensprechanlage. „Der Nächste, bitte! – Und komm bitte nur wieder, wenn etwas wirklich Ernstes vorliegt!"

Diese Ärzte! Wozu sind sie eigentlich gut? Was nutzte mir die Ankündigung, dass ich vielleicht nächste Woche Dienstag zum Mann werden würde, wenn der Schwimmwettbewerb schon am Freitag stattfand? Hatte sie denn kein Wort von dem kapiert, was ich gesagt hatte? Und was sollte dieses ganze Gelaber über Gemütsschwankungen? Ich hatte keine schlechte Laune. Ich war verliebt! Und deswegen hatte ich solche Angst davor, dass Bosie meine Speckrollen sah. Ich wollte nicht, dass sie beim Anblick meines Körpers die Fassung verlor.

Und diese Frau wollte eine Ärztin sein! Das Einzige, was ich nachvollziehen konnte, war, dass sie meinen Körper schön gefunden hatte. Bei der Erinnerung daran bekam ich eine Gänsehaut auf den Armen, und mir wurde ganz warm ums Herz. Zur Stärkung des Selbstwertgefühls gibt es eben nichts Besseres als Komplimente. Und jetzt, wo mein Selbstbewusstsein wieder gestärkt war, sah ich die Dinge plötzlich klarer. Bosie kannte meinen Körper ja bereits. Und wenn sie ihn scheußlich gefunden hätte, dann hätte sie es mir schon bei der Schwimmprüfung gesagt. Eindeutig. So viel zum Thema Selbstzweifel! Mit einem einzigen, mächtigen Schlag hatte ich alle Theorien dieser Hinterhof-Quacksalberin zunichte gemacht – woraus man folgern muss, dass Ärzte ungefähr so nützlich sind wie stocktaube Wachhunde.

Als ich zu Hause ankam, war das Thema Mickrigkeit

56

bereits Vergangenheit, und ich sah mich im Geiste wieder mit sportlichen Sprüngen in Bosies Bett landen. Papa stand in der Küche und packte die Cappuccino-Maschine aus, die er heimlich besorgt hatte, während Mama im Supermarkt einkaufen war. Pongo, der immer noch auf seine Operation wartete, lag in einer Schaumpfütze auf dem Boden, Sherene studierte die Silikonbusen in ihrem Baywatchheft und Nan, meine Oma, saß friedlich strickend in der Ecke.

„Unsere Jungs müssen's doch warm haben", murmelte sie und zog an dem tarnfarbengrünen Wollknäuel auf ihrem Schoß.

„Wovon redet sie?", fragte ich leise.

„Lass sie doch", sagte Papa. „Sie strickt Schals für Soldaten und glaubt, dass der Krieg dadurch leichter zu ertragen sein wird."

„Was für ein Krieg?", fragte ich.

„Der Zweite Weltkrieg."

„Churchill trägt nur Kaschmir", sagte Nan.

„Jetzt nicht mehr", informierte ich sie. „Der ist längst tot!"

„Tot!", kreischte sie und ließ ihre Nadeln fallen. „Aber ohne Churchill sind unsere Jungs verloren!"

Papa warf mir messerscharfe Blicke zu, als wäre ich ein feindlicher Spion oder so was, und im selben Moment wankte Mama zur Hintertür herein, bepackt mit dem Wocheneinkauf. Als sie Papas neue Erwerbung sah, flog ein Netz mit Rosenkohl über den Küchentisch und knallte auf den Boden.

„Ist was?", fragte Papa unschuldig. „Was hab ich denn nun schon wieder falsch gemacht?" Dabei wusste er es ganz genau.

„Was ist das?", zischte Mama.

„Deine neue Cappuccino-Maschine", erwiderte er fröhlich. An der Art, wie er sich im Nacken kratzte, war deutlich zu erkennen, dass er log.

„Aber ich möchte keine", sagte Mama. „Ich trinke löslichen Kaffee, schon vergessen?"

„Es ist ein Geschenk", erwiderte Papa und kratzte sich stärker.

„Es ist Geldverschwendung", schnauzte Mama. „Du ziehst los wie Krösus und kaufst dir Kaffeemaschinen, und ich kann mir für mich selbst überhaupt nichts leisten. So ist das nämlich!"

„Du bist schön genug, so wie du bist, mein Schatz." Wenn Papa jetzt noch heftiger kratzte, würde er den Knochen freilegen.

„Ich hab das Verfallsdatum schon überschritten", sagte Mama.

„Ich glaube ..." Papa stand vom Tisch auf und schloss die Maschine an. „Ich glaube, ich mach dir erst mal einen Cappuccino. Dann wird es dir bestimmt gleich besser gehen."

„Nein", sagte Mama mit Nachdruck. „Ich mach lieber *dir* einen, Terry!"

„So ist's recht!", ermutigte Papa sie. „Ich wusste doch, dass dir die Maschine gefallen würde, wenn du dich erst mal an sie gewöhnt hast. Und wenn der Cappuccino fertig ist: Ich bin draußen im Garten!" Mama schickte ihm ein böses Lächeln hinterher.

„Er basselt nämiss eine Schleuder aus einem von deinen Buuusenhaltern, damit will er Düsteln und Unkräuter in Mr Drivers Garten schmeißen", verkündete Sherene, während sich Mama wutschnaubend eine Tasse vom Geschirrständer schnappte und sie mit halb fertigem Kaffee aus der Maschine füllte. „Er will niss, dass du das merkss, weil du dann nämiss sauer wirss, aber iss hab ihn erwüscht!" Mama hörte nicht zu. Sie kratzte wie eine Besessene mit dem Finger Pongos Geifer vom Boden und verteilte ihn wie eine Haube aus weißem Milchschaum auf dem Kaffee.

„Huhuuuu, Liiiebling!", rief sie. „Dein leckerer Cappuccino ist fertig!" Und sie trug den Becher auf einem Silbertablett hinaus, cool wie eine gelernte Giftmischerin.

Über Erwachsene mit Gemütsschwankungen

Das Auf und Ab der Pubertät
beginnt bei meinen Eltern spät!

(Johnny Casanova – mit mehr sittlicher Reife als ein durchschnittliches Elternpaar)

Während Mama und Papa draußen im Garten „Tod des Sokrates" spielten, stopfte sich Sherene eins von Mamas Bikinioberteilen mit zusammengerollten Nylonstrümpfen aus, um so kurvenreich auszusehen wie Pamela Anderson in Baywatch. Ich konnte also ungestört nach oben gehen und mich einer unzensierten Fantasie über mein Treffen mit Bosie hingeben: Wir waren in der *Eistruhe*. Sie kam über die Tanzfläche auf mich zugerannt, in ihrem zebragestreiften Ultraminirock, die Arme weit ausgebreitet, mit sehnsuchtsvoll aufgerissenen Augen und Lippen von der Farbe eingelegter Kirschen. Sie rief meinen Namen und schüttelte die vielen armen Trottel ab, die sie zurückhalten wollten. Keanu Reeves, Johnny Depp, Brad Pitt, alle ließ sie links liegen, weil sie verzweifelt danach schmachtete, zu mir zu kommen. Sie schlang mir die Arme um den Hals, fuhr mir mit den Fingern durchs verknotete Haar, rieb ihre Nase an meinem Ohr ... und gerade als unsere bebenden Lippen sich aufeinander zubewegten, fragte sie plötzlich: „Sag mal, bist du nicht der Trottel, der noch nie was von den Springenden Erdbeeren gehört hat?"

Meine Fantasie exlodierte in einem Atompilz aus Selbsthass. Mal ehrlich, wie geistesgestört musste ich sein, um mir kurz vor einem Zungenkuss so eine Frage auszudenken? Wahrscheinlich wollte ich mich selbst dafür bestrafen, dass ich keine Ahnung hatte und ich nicht wusste, ob die Springenden Erdbeeren nun Heavy Metal, Rap, Techno, Lesbenfront, Glamour, Grunge, House, Punk, Ethno, Hardcore, Schnickschnack, Unsinn oder Gospel waren. Offenbar hatte ich soeben einen dieser Anfälle von mangelndem Selbstvertrauen, vor denen die Ärztin mich gewarnt hatte. Irgendwo in meinem kranken

Kopf saß ein Teufel, der in den Gärten meines Geistes Selbstzweifel säte. Ich geriet in Panik, aber je stärker meine Angst wurde, desto stärker wucherte das Unkraut namens Minderwertigkeitsgefühl. Ich hatte nicht nur keine Ahnung von Musik, ich hatte keine Ahnung vom LEBEN! Ich musste noch so viel lernen, um für ein Mädchen interessant zu sein, und ich hatte keine Zeit mehr, es zu schaffen. Mir war, als ob ein großer Finger vom Himmel auf mich herunterzeigte und eine Stimme donnerte: „Ja, dich meine ich!" Nur dass ich nicht in der Lotterie gewonnen hatte oder etwas ähnlich Nützliches, sondern ich war zum größten Trottel des ganzen Planeten ernannt worden. Ich hatte keinen Schimmer von gar nichts. Ich war ein Depp erster Klasse, und Bosie würde mich sofort durchschauen. Eine Bemerkung von ihr zu einem politischen Thema, und ich hatte verspielt. Worüber sollte ich bloß mit ihr reden? Über Hundekrankenpflege? Ich konnte Bosie doch wohl schlecht umschmeicheln, indem ich Einzelheiten über Pongos bevorstehende Analausschabung berichtete. Sogar Ginger war interessanter als ich. Immerhin hatte er eine naturrote Mähne und konnte sich über Judo unterhalten. Mein ganzes Wissen dagegen beschränkte sich auf die kleinen Texte, die ich morgens beim Frühstück auf der Cornflakespackung las. Plötzlich bereute ich es, dass ich in der Schule so schlecht aufpasste und nichts anderes tat, als meine Federtasche auf den Boden fallen zu lassen, um der Lehrerin unter den Rock zu gucken. Ich fühlte mich hoffnungslos überfordert. Ich hatte noch nie Manschettenknöpfe getragen oder ein Taxi gerufen oder Alkohol getrunken oder ein Baby gehalten. Ich war noch nie in Paris gewesen und hatte auch keine Klassiker gelesen! Warum war ich so langweilig? Wieso hatte ich keine Interessen? Und weshalb tat ich mir diese Verabredung an? Nur um einen Megaidioten aus mir zu machen, deswegen!

Mein schwankendes Gemüt

Ich fühl mich wie ein Mixgerät
mit wirbelnden Hormonen.
Ich bin wie eine Suppe
mit durchgequirlten Bohnen.
Wär Darwin (Charles) noch auf der Welt,
spräch er mit ernster Miene:
„Johnny Worms ist offenbar
eine Rührmaschine.
Aber dies hat einen Grund,
denn ich möchte wetten:
Seine beiden Eltern sind
zwei nette Moulinetten!"

(Johnny Casanova – der Wasser auf drehende Mühlenräder kippt)

Vielleicht hatte die Ärztin ja doch Recht. Vielleicht war ich wirklich ein Opfer dieser Plage Pubertät. Vielleicht litt ich soeben unter einer von diesen Gemütsschwankungen. Gerade noch hatte ich auf Wolke sieben in einem Sonnenstuhl gelegen und himmlische Cocktails geschlürft. Und schon war ich in ein schwarzes Loch aus Unsicherheit gefallen und hatte keine Ahnung, warum. Wenn ich so weitermachte, konnten sie mich spätestens in sechs Monaten aus irgendeinem Fluss ziehen. Ich musste meine Hormone unter Kontrolle halten. Schließlich hatte Bosie mich nicht angerufen, um mir zu sagen, dass es aus ist zwischen uns. Und sie hatte mich auch nicht angerufen, um zu sagen, ich solle ihr beim Wettkampf am nächsten Tag bloß vom Leibe bleiben, damit sie bei meinem scheußlichen Anblick nicht mit ihren Schwimmzügen durcheinander käme.

Mir gefror das Blut in den Adern!

Der Wettkampf! Brechreiz stieg in mir hoch, als säße ein kleines Pelztier quer in meinem Hals. Meine düstere Stimmung schlitterte über dickes Eis dahin, überschlug sich und krachte an die harte Schulter der Hysterie. Der Wettkampf! Die Badehose! Ich hatte vergessen, eine grüne Badehose zu kaufen! ICH BESASS KEINE GRÜNE BADEHOSE! Und wenn ich keine grüne Badehose hatte, würde Miss Percival mich nicht am Wettkampf teilnehmen lassen. Wenn ich nicht teilnahm, würde ich Bosie nicht imponieren können. Wenn ich Bosie nicht imponierte, würde sie die Verabredung in der *Eistruhe* absagen. Und wenn sie die Verabredung in der *Eistruhe* absagte, wäre es mit meinem Leben aus und vorbei. Sollte das Glück bis ans Ende meiner Tage nun an einem Stück grüner Kunstfaser scheitern?

Ich musste geschrien haben.

„Stimmt etwas nicht?", flüsterte eine Stimme zwischen den Stäben des Treppengeländers hindurch. Es war Nan, die gerade auf allen vieren die steile Treppe erklomm. „Ich hab dich schreien gehört."

„Alles nur wegen einer grünen Badehose!", wimmerte ich. „Wegen einer grünen Badehose habe ich meine Angebetete verloren!"

„So ein Unsinn", sagte Nan. „Wer wird sich denn so schnell geschlagen geben? Wo wäre Churchill denn heute, wenn er solchen Unsinn geredet hätte?"

„Der brauchte ja auch keine grüne Badehose", erwiderte ich.

Nan zwinkerte mir zu. „Überlass das getrost mir!", sagte sie. „Meine Hände vollbringen Wunderwerke der Zauberei – hat dir das denn keiner gesagt?" Sie kletterte die Leiter zum Dachboden hinauf und verschwand in ihrer Kammmer.

Erleichtert, weil Nan sich um die Kunstfaser-Katastrophe kümmern würde, ließ ich mich ins Bett fallen. Die warme Decke wirkte sich beruhigend auf meine Gemütsschwankungen aus und löste die Anspannung in meinem Körper. Verträumt blickte ich durchs Fenster hinauf zu Mond und Sternen. Ein wunderbarer kosmischer Schauer lief mir über den Rücken. Ich stellte mir vor, dass Bosie im selben Moment in frischer, kühler Bettwäsche weilte und denselben funkelnden Sternenhaufen betrachtete. Seit Jahrhunderten hatten unzählige Liebende dies getan – hatten im Geiste über die Milchstraße Verbindung miteinander aufgenommen –, und in diesem Moment gehörte ich auch dazu. Einer der Sterne leuchtete

64

heller als alle anderen. Er funkelte wie ein Kieselstein unter Wasser, der das Sonnenlicht einfängt. Und er schrie förmlich danach, im Namen der Liebe von mir getauft zu werden. Ich taufte ihn *Johnny Casanova* und den kleineren, trüberen Stern daneben *Bosie.* Kein Zweifel, unsere Liebe war im Himmel besiegelt.

All dies ging mir durch den Kopf, als ich draußen plötzlich ein Geräusch hörte. Zuerst einen Knall, dann folgte ein Schmerzensschrei, so wie der eines Ferkels, das mit einer elektrischen Zange kastriert wird.

Erst am nächsten Morgen wurde mir klar, dass es Papa gewesen sein musste.

Über die einfache Kunst, bei einem Wettkampf vor Bosies Augen ins Wasser zu springen

Was ich brauch, ist Selbstvertrauen,
mich wird schon niemand hassen.
Erst mit Mut nach unten schauen,
dann einfach fallen lassen.
Schwingen, springen, zack und weg,
für Bosie bleib ich locker.
Dreifachschraube ohne Schreck,
Salto ohne Schocker.
Ich pfeif auf Schmerzen, pfeif auf Schwächen,
soll mir doch der Schädel brechen!
In tiefes Wasser reinzuspringen
kann selbst Deppen mal gelingen.
Morgen also, wenn ich oben

steh vor all den Leuten,
wenn tausend Finger auf die Uhr
der Punktetafel deuten,
bleibe ich ganz ruhig dabei,
hört die Menge keinen Schrei.
Ich hüpfe wie ein Frosch drauflos,
weit und hoch hinaus,
direkt zu Bosie auf den Schoß
– die Menge rastet aus!

(Johnny Casanova – der Spring-Lehrling, der den Test bestehen will)

Nackte Tatsachen

Nan überstand ihren Sondereinsatz wie ein echter Soldat. Als sie am nächsten Morgen zum Frühstück erschien, hatte sie Ringe unter den Augen.

„Ich hab die ganze Nacht gebraucht", sagte sie, „aber ich hab's geschafft." Sie zauberte eine gestrickte Badehose hinter ihrem Rücken hervor. „Ich hatte nur Khaki da", erklärte sie. „Als Tarnfarbe für unsere Jungs ... Aber Grün ist es doch auf jeden Fall!"

„Danke", sagte ich und nahm die größte Badehose entgegen, die die Menschheit je gesehen hatte.

„Zum Glück hab ich noch einen Rest Gummiband im Nähkasten gefunden, sonst würde sie dir runterrutschen!"

Zum Glück, hatte sie gesagt! Was für ein Glück? Diese Badehose war viermal so groß wie die von Timothy Winchester! Nans superdicke Nadeln hatten supergroße Maschen produziert, dicker als Regenwürmer. Dadurch erinnerte die Hose in Aussehen und Beschaffenheit an ein mittelalterliches Kettenhemd. Aber wehe dem armen Ritter, der eine solche Hose in der Schlacht getragen hätte; verglichen mit ihrem Gewicht wäre ihm eine vollständige Rüstung so federleicht wie ein Safarianzug vorgekommen. Nan hatte ein altes Schnittmuster für bayerische Lederhosen benutzt und vorsorglich die Träger weggelassen – falls ich sie zu albern fände.

„Keine Gefahr", lautete meine knappe Antwort. Also ehrlich: Wer lacht denn bei einer Badehose über Träger, wenn die Hosenbeine bis knapp über die Knöchel reichen? Ich wollte Nan ja nicht beleidigen, aber das hier war keine Badehose, sondern eher eine Bade*strumpf*hose – wenn die Farbe auch zweifellos stimmte.

„Damit bist du gut getarnt!", erklärte Nan stolz. Das war natürlich ein echter Vorteil. Immerhin war ich der einzige in der Schwimmmannschaft, der von der berühmten Brücke am Kwai springen konnte, ohne von den Japanern abgeknallt zu werden. Was ging bloß in Nans Kopf vor? An der Taille war die Hose mit mehreren Gummibändern viel zu eng zusammengeschnürt, und vorn war ein kleines Loch ausgeschnitten, wahrscheinlich zu Zwecken der Hygiene. „Das ist zum Pipimachen", sagte Nan und strahlte mich an. Ich hatte also richtig geraten.

„Sie ist ... äh ..." Mir fehlten die Worte. „... einfach unglaublich", würgte ich hervor. „Und du hast sie ganz für mich allein gemacht?"

„Damit du mit diesem Mädchen ausgehen und Eindruck auf sie machen kannst!" Sie blinzelte mir zu.

„Tja, einen Eindruck wird diese Hose auf jeden Fall hinterlassen", sagte ich. Allerdings wohl nicht den, den ich mir erhofft hatte. „Das wäre doch nicht nötig gewesen!" Nan wurde rot. „Nein wirklich", fügte ich hinzu, „im Ernst, das wäre nicht nötig gewesen." Glücklicherweise kam genau in diesem Moment Papa rückwärts durch die Küchentür. So musste ich Nan wenigstens nicht dafür erwürgen, dass sie mir meinen fantastischen Tag versaut hatte, bevor er richtig begann. Papa zog einen Schweinskopf in die Küche, der blutige Schleifspuren auf dem Linoleumboden hinterließ. Sherene sprang schreiend auf und erschreckte dadurch die blauen Schmeißfliegen, die am Kadaver nagten. Sie schwärmten in Panik zum Fenster und klatschten wie Kamikazeflieger gegen die Scheibe.

„Iss glaub, iss muss kotzen!", würgte Sherene. „Wassen das?"

„Meine Rache", knurrte Papa. Seine Augenbrauen waren ein einziger wütender schwarzer Strich. Erst jetzt bemerkte ich, dass er Gummilatschen trug – sämtliche Zehen waren einzeln verbunden, wie zehn kleine Mumien.

„Hat das etwas mit dem Ferkelgequieke letzte Nacht zu tun?", fragte ich und deutete auf seine geschwollenen Füße.

„Dieses Monster von einem Nachbarn hat Mausefallen in unseren Blumenbeeten ausgelegt, Johnny! Ich kam mir vor wie auf einem Minenfeld!" Es war wohl nicht der rechte Moment, um darauf hinzuweisen, dass Papa sich auch nicht besser benahm, wenn er mit Mamas Büstenhalter Unkraut in Mr Drivers Garten schleuderte. „Ich hab den Schweinskopf beim Schlachter aus der Mülltonne gezogen!" Mit einem irren Lachen und der Grimasse eines Pantomimen, der einen Schurken spielt, zog er seinen Schweinskopf durch die Hintertür und verschwand damit um die Ecke. Ich hatte das Gefühl, Papa drehte so langsam ab. Jetzt kam Mama in die Küche gerauscht und ließ zwei Kopfschmerztabletten in ein Glas Wasser plumpsen.

„Ist euch heute Morgen irgendetwas an mir aufgefallen?", rief sie.

„Abgesehen von den lila Haaren?", fragte ich.

„Das ist es!" Sie strahlte mich an. „Gefällt's dir? Ich hab sie selber gefärbt, gerade eben!"

„Du siehss aus wie 'ne Brombeere", sagte Sherene. „Papa rastet bestümmpt aus!"

„Tolle Idee, mein Rübchen", sagte Mama und lächelte. Aber es war kein weiches Lächeln, sondern hart und schneidend wie dünnes Glas. „Hat jemand den alten Miesepeter schon gesehen?"

„Der's mit 'nem scheußlissen Schwein draußen!", sagte Sherene, obwohl es nicht stimmte. Noch während sie es aussprach, kam Papa zur Hintertür hereingestürzt, keuchend wie ein Hund auf Eichhörnchenjagd.

„Ihr glaubt nicht, was dieser Mr Driver jetzt schon wieder getan hat!" Papa kochte vor Wut. „Er hat sich gerade einen neuen Wagen liefern lassen!"

„Und wie findest du meine Haare, Liebling?", fragte Mama angriffslustig.

„Das hat er doch nur getan, um uns bloßzustellen! Na, das werden wir ja sehen! Was der kann, kann ich schon lange!"

„Und was ist mit meinen Haaren?"

„Ich verkaufe unser Auto!", verkündete Papa, schnappte sich die Autoschlüssel und verließ die Küche.

„Aber ich will wissen, wie du mein Haar findest!"

„Sehr hübsch", rief Papa über die Schulter zurück.

„Nein, es ist NICHT hübsch! Es ist potthässlich!", schrie Mama. „Und der Grund dafür ist, dass ich nicht zum Friseur gehen kann, um mir die Haare anständig machen zu lassen, weil du unser ganzes Geld ausgibst für dein Cowboy-und-Indianer-Spiel mit dem kleinen Jungen von nebenan!"

„Ein neues Auto ist eben nicht billig, Babs."

Mama schoss hinter ihm her. Sherene und ich stellten uns ans Fenster, um heimlich zu lauschen.

„Wenn es so teuer ist, dann kauf eben keins, Terry!"

„Ich brauche aber ein neues, Babs."

„Aber ich muss Pongo zum Tierarzt bringen!"

„Dann fahr mit dem Bus!", schrie Papa und schwang sich in unseren alten Wagen. Er setzte rückwärts auf die Straße, dass es nur so quietschte, stieß das Nummernschild an der Bordsteinkante ab und entschwand mit qualmenden Reifen wie Don Johnson in *Miami Vice*.

Wenige Minuten später machte ich mich schweren Herzens und noch schwereren Rucksacks (weil Nans Badehose drinlag) auf den Schulweg. Ich schob mein Rad den Gartenweg hinunter und seufzte vernehmlich bei dem Gedanken, dass mir der schlimmste Tag meines Lebens bevorstand.

„Schwierigkeiten?", fragte eine Stimme. Kim Driver stand am Nachbarzaun und wartete darauf, in die Schule gefahren zu werden.

„Bosie wird mich hassen, wenn sie meine Badehose sieht", sagte ich, als wäre gerade die Welt untergegangen. „Das Ding sieht aus wie eine lange Wollunterhose. Meine Eltern stehen kurz vor der Scheidung, meine Oma glaubt, wir sind mitten im Zweiten Weltkrieg, und Ginger, diese miese Ratte, hat sich einen ganzen Harem angeschafft ... aber sonst geht's ganz gut." Ich kickte einen Kiesel in den Rinnstein. „Und wie sieht's bei dir aus?"

„Super", sagte Kim. „Ich hab meinen Anspitzer verloren, meine Schuhe gehen dauernd auf, und meine Socken kratzen ... aber sonst ist es ein fantastischer Tag, um mich von der Welt zu verabschieden."

Ich musste grinsen. „Tut mir Leid", sagte ich. „Heute ist nicht mein Tag. Dieser Wettkampf im Turmspringen macht mich total verrückt. Mein Lebensglück steht auf dem Spiel!"

„Du musst dich doch nur ins Wasser fallen lassen", erwiderte Kim. „Was ist denn dabei?"

„Bosie ist dabei", sagte ich. „Was soll ich tun, wenn es ihr nicht gefällt, wie ich falle?"

„Du kannst nur dein Bestes tun", antwortete Kim gerade – da trat Mr Driver aus dem Haus, so selbstzufrieden, als hätte er es geschafft, Schlittenhund-Parkuhren an die Eskimos zu verkaufen. Er sonnte sich noch immer in dem Gefühl, Papa mit den Mausefallen besiegt zu haben. Mr Driver forderte Kim auf, in den neuen Wagen zu steigen, öffnete sich selbst die Fahrertür, bückte sich ... und hielt plötzlich inne. Eine wahre Explosion brach aus seiner Kehle hervor. Als sein Gesicht wieder über dem Autodach erschien, war es zerknautscht wie ein alter Lederstiefel. Mein Vater hatte den Schweinskopf auf einen Pfahl gespießt und hinter dem Lenkrad aufgestellt, als säße das Schwein am Steuer. An einem Ohr steckte ein Zettel mit der Aufschrift *Ich bin ein Saukerl!*

Mr Driver zitterte vor Wut. Schwer atmend zog er die Sauerei aus seinem teuren Wagen.

„Das bedeutet Krieg!", knurrte er und stieß Kim in das Auto. Dann rutschte er auf den blutbefleckten Sitz, trat das Gaspedal durch und schoss in einer Abgaswolke die Straße hinunter.

In der Schule überraschte uns Miss Percival mit wahrhaft fantastischen Neuigkeiten. Ich hätte sie umbringen können. Sie hatte dafür gesorgt, dass der Nachmittagsunterricht für alle Schüler ausfiel, damit sie die Schwimmmannschaft anfeuern konnten. Bei der Vorstellung, dass an die tausend Zuschauer den Wettkampf mitverfolgen würden, krempelte sich mir der Magen um, und ich erwog, mich vor einen der vielen Busse zu werfen, die uns zum Hallenbad fahren sollten. Doch leider nagelte mich Nans drei Tonnen schwere Badehose auf dem Bürgersteig fest, sodass ich mich nicht rühren konnte.

Ich saß mit Ginger in der Mitte des Busses, während Bosie auf den hinteren Sitzen mit Sharon und Darren herumalberte. Sharon hatte sich das Haar kurz schneiden lassen, eine pechschwarz gefärbte Bürste, und dazu trug sie einen neuen Nasenstecker.

„Das hab ich für Darren getan", hörte ich sie zu Bosie sagen. „Darren fährt nämlich voll auf gepiercte Körper ab, echt!"

„Ja, voll", bestätigte ihr Volltrottel von Freund, „Sharon wird echt die perfekte Frau für mich."

„Deswegen krieg ich nächste Woche einen Bauchnabel-Ring", kicherte sie. „Darren kommt auch mit."

„Ich lass mir die Zunge piercen", sagte er. „Ich wollt schon immer 'ne Metallzunge, hab aber voll Schiss gehabt. Sharon gibt mir die Kraft. Sie ist so lebendig, deswegen passen wir auch so gut zusammen. Wir sind voll wild." Bitte, dachte ich, tu uns allen den Gefallen, und lass dir deine Zunge oben am Gaumen festnageln. Was für tragische Opfer der Mode die beiden waren. Hatten sie denn überhaupt keinen Stolz? Konnten sie nicht einfach sie selber sein, anstatt sich die ganze Zeit Gedanken darüber zu machen, wie die anderen sie haben wollten?

Ich fragte Ginger, ob er meine niederschmetternde Einschätzung von Sharon und Darren teile. Aber er murmelte etwas von Leuten, die in Glashäusern sitzen und mit Steinen werfen. Und dann wollte er wissen, wie ich mir denn mein plötzliches Interesse am Turmspringen erkläre. Damit wolle ich doch auch bloß auf Bosie Eindruck machen.

„Was soll denn das heißen?", fragte ich. „Ich liebe sie!" Aber Ginger hatte keine Lust weiterzureden. Er vertiefte sich in seine Judozeitschrift und büffelte für seinen ersten Meistergrad. Offenbar wollte er nicht von mir gestört werden. Also drehte ich mich wieder nach Bosie um, in

74

der Hoffnung, dass sie vielleicht zu mir herübersah –
vergeblich.

Nach ungefähr zwanzig Minuten, als mein Nacken
schon steif war, warf sie endlich einen Blick in meine
Richtung und lächelte mir über den Mittelgang kurz zu.
Aber es war kein sehnsüchtiges Lächeln voller Begierde,
sondern ein beiläufiges, so wie man jemandem zulächelt,
den man mit seiner Mutter im Supermarkt sieht. Es
brach mir das Herz! Ich riss Ginger die Zeitschrift aus
den Händen und setzte mich drauf.

„Ich muss mit dir reden", sagte ich. „Was mache ich
falsch mit Bosie?"

„Du machst doch gar nichts falsch", erwiderte er.

„Aber sie schmachtet mich nicht an!"

Er stöhnte. „Du hast sie doch gerade erst kennen
gelernt. Du erwartest viel zu schnell viel zu viel."

„Aber sie ist meine Traumfrau", erklärte ich.

„Letzte Woche war deine Traumfrau diese langbeinige
Blonde, die vor der Drogerie stand und nieste, weißt du
noch?"

„Da war ich ja auch noch jünger", verteidigte ich mich.

„Du hast mir gesagt, dass es dir egal ist, wie eine
Frau aussieht, solange sie Beine bis zu den Achselhöhlen
hat!", fügte er unbarmherzig hinzu.

„Jaja, aber inzwischen bin ich vierzehn!", fuhr ich ihn
an. „Ich bin reifer geworden. Ich steh immer noch auf
Beine, aber auf Arme und Köpfchen steh ich inzwischen
auch, kapiert?" Meine hitzige Antwort erstickte jede wei-
tere Diskussion im Keim. Ginger zerrte seine Zeitschrift

unter meinem Hintern hervor, und ich versank in einem Morast aus Selbstzweifeln. Meine Springkunst würde schon sensationell sein müssen, wenn ich Bosies laues Herz erwärmen wollte ...

Zweifel

Zweifel sind wie Teufel,
die dir mit kleinen Gabeln ins Gehirn piken.

(Johnny Casanova – der bezweifelt, dass dieses Gedicht sich reimt)

Als ich den Umkleideraum betrat, litt ich bereits Höllenqualen. Aber es wurde noch schlimmer, denn ich stellte fest, dass die anderen Jungen (es waren Hunderte, von zwanzig verschiedenen Schulen) alle knallenge, beachtlich ausgebeulte Badehosen zur Schau trugen. Dagegen war Nans großmaschige Badestrumpfhose so sexy wie ein Kartoffelsack. Wenn einer der Lehrer nicht die Tür hinter uns zugemacht und uns zur Eile angetrieben hätte, wäre ich wohl in einen der Schränke gestiegen und dort geblieben. Nicht mal Bosie hätte mich herausgelockt. Aber nun saß ich in der Falle. Ich suchte mir eine Kabine und verriegelte die Tür.

Meine Umkleidekabine lag anscheinend genau unter der Zuschauertribüne, denn der Lärmpegel war so ohrenbetäubend, dass die ganze Wand vibrierte. Dort oben mussten an die zweitausend Leute sein, die es kaum erwarten konnten, über meine Schwimmbekleidung zu lachen. Ich holte tief Luft und ließ die Hosen runter. Der Albtraum hatte begonnen!

Als der Umkleideraum endlich leer war, trat ich hinaus. Der Gummizug meiner Badehose sägte mich beim Gehen in zwei Hälften. Die Macht der Gewohnheit ließ mich am Spiegel meine Frisur überprüfen. Sie war perfekt. Von meiner unteren Hälfte konnte man das nicht gerade behaupten, denn von der Hüfte abwärts sah ich aus wie ein tarnfarbengrünes Lama.

„Johnny Worms bitte zum Schwimmbecken!", tönte es aus einem der Deckenlautsprecher im Duschraum.

Mir wurde schlecht. Die widerliche Wolle scheuerte die weiche Haut zwischen meinen Beinen auf, als ich den längsten und einsamsten Weg meines Lebens antrat, hinaus durch den Tunnel in die grell beleuchtete Höhle des Löwen.

Mein Auftritt wurde mit sprachlosem Schweigen begrüßt. Bosie starrte nervös auf die Punktetafel und zupfte an den elastischen Rändern ihres Badeanzugs. Ich hatte es geahnt: Es war ihr einfach zu peinlich, mich anzusehen. Mein Gott, was für ein Trottel ich war!

Plötzlich rief ein Kind aus der Menge: „Warum hat denn der Junge da eine Wiese an?" Die ganze Meute brach in schallendes Gelächter aus. Von allen Seiten hörte ich Spottrufe und hysterisches Füßestampfen.

„Nein, also so was!", keuchte der Mann am Mikrofon und unterdrückte ein Prusten. Er hustete, bis er sich wieder beruhigt hatte. „Du musst Johnny Worms sein!" Prima, nun wusste auch noch jeder meinen Namen! Ich ließ den Kopf hängen. „Nun bist du also da, dann können wir ja anfangen. Setz dich doch." Er machte eine Pause. „Ich hoffe, du kannst dich mit dieser Badehose überhaupt hinsetzen?" Wieder brach die Menschenmasse in demütigendes Gelächter aus. Ich warf meinem Erniedriger einen langen, eiskalten Blick zu, der ihm verdeutlichte, dass sein Problem mit meiner Badehose ein Klacks war im Vergleich zu meinem Problem mit meiner Badehose.

Das Turmspringen kam natürlich als Letztes dran, deswegen musste ich dreieinhalb Stunden dasitzen und das Dauergaffen der Menge ertragen. Als mein Name schließlich aufgerufen wurde, lagen unsere Schule und die von ein paar Lackaffen vom Lande in Führung. Bosie war inzwischen ein paar Mal schweigend an mir vorbeigelaufen, und jetzt sprach sie mich als Führerin der Mannschaft an. Ich hoffte auf lieblich ermunternde Worte. Aber was ich zu hören bekam, war dies:

„Mir und den anderen in der Mannschaft ist es egal, dass du aussiehst wie ein Idiot. Wir wollen einfach nur gewinnen! Alles klar?" Das klang nicht gerade ermutigend.

„Die Springer bitte ins Becken!", sagte der Mann am Mikrofon. Ich rappelte mich mühsam auf und sprang ins Wasser, ohne den leisesten Gedanken daran, was als Nächstes passieren würde. Schon mal gesehen, wie ein einziger Schwamm einen ganzen Eimer Wasser aufsaugt? Tja, Wolle saugt das Fünfzigfache auf! Die nächsten Sekunden vergingen damit, dass meine Wollhose schneller als eine durstige Elefantenherde Wasser in sich hineinschlürfte – und dabei immer länger wurde. Ich brauchte Hilfe, um aus dem Becken zu steigen. Die Hosenbeine waren jetzt so lang, dass sie über die Kacheln schleiften, und so schwer, dass ich auf dem Weg zum Sprungturm zweimal umknickte. Ich brauchte fünfzehn Minuten, um die 43 Stufen raufzuklettern. Als ich endlich oben ankam, war ich schweißgebadet und total erschöpft. Ich hatte ungefähr sieben Kilo abgenommen, war völlig ausgetrocknet, und in meinem Kopf drehte sich alles. Nachdem ich meine Augen einigermaßen scharf gestellt hatte, taumelte ich zum Rand des Sprungbretts und sah hinunter. Es war entsetzlich – wie ein Blick von den Niagarafällen. Mir wurde schwindelig, und wenn mich nicht ein halber Kilometer klatschnasse Wolle auf dem Brett festgenagelt hätte, wäre ich einfach vornübergefallen. Ich schloss die Augen und streckte die Arme nach oben. Gut so! Ich musste die Peinlichkeit meines Badebeutels vergessen, wenn ich einen Sprung hinlegen wollte, der Bosie zufrieden stellen und ihr Herz entflammen würde. Ich holte tief Luft, stellte mich in Position und ging im Geiste meinen Sprung noch einmal durch.

Dann flog ich ab – hinauf in die Luft, Salto vorwärts, dann noch einen, eine Drehung, eine Schraube ... und dann eine zweite! Doch meine Hose war einfach zu schwer. Mit einem Schnalzen, das vom Glasdach widerhallte, riss das Gummiband, und die Hose rutschte mir über die Hüfte nach oben, blähte sich auf wie ein offener Fallschirm und landete nach mir unten im Wasser. Mein Eintauchen war perfekt – aber ich war nackt!

Wenn man eine Mutter hat wie meine, die heimlich zu überprüfen versucht, wie sich das beste Teil ihres Sohnes entwickelt, dann ist es schon schwierig genug, das Badezimmer zu verlassen, ohne dass man kritisch beäugt wird. Aber aus einem Schwimmbecken zu klettern, während tausend gaffende Augenpaare auf deinen blanken Hintern starren – das ist wirklich der Hammer. Es war schlimmer, als sonntags in der Kirche aus der Bibel vorzulesen und mittendrin festzustellen, dass einem ein riesiger grüner Rotzefaden aus der Nase hängt wie eine Grüne Mamba.

Ich hielt mich über Wasser und strampelte bis zum Beckenrand, wobei ich die Wellen geschickt nutzte, um meinen Unterbau zu verstecken. Aber ich brauchte beide Hände, um mich hochzuziehen, und die Menge bekam nackte Tatsachen geboten, als ich wie Neptun persönlich aus den Tiefen nach oben schnellte, vor Scham knallrot wie ein gekochter Hummer. Würdevoll hielt ich mir vorne und hinten eine Hand vor und trippelte seitwärts zum Umkleideraum. Gelächter und tosender Beifall verfolgten mich.

Zitternd saß ich in der kalten Kabine. Ich hatte Bosie für immer verloren, das war mir klar. Ich musste sie aus meinen Gedanken streichen und mich darauf konzentrieren, ein neues Leben zu beginnen, am besten in Australien, mit einem neuen Namen.

„Lasst mich!", stöhnte ich, als jemand an die Tür klopfte.

„Hast du was an?", fragte eine Stimme.

„Was spielt das noch für eine Rolle?", erwiderte ich. „Die ganze Welt hat mich nackt gesehen!" Die Tür flog auf. Vor mir stand Bosie.

„Und das war doch ganz nett!", sagte sie und lächelte. „Du warst echt beeindruckend!"

Ich sah sie verwirrt an. Meinte sie meine Springkünste oder meinen ...

„Wir haben gewonnen!", kreischte sie.

Aha, sie meinte meine Springkünste.

„Wie denn das?"

„Du hast sechs perfekte Punkte bekommen!"

„Heißt das, dass ich morgen immer noch zur *Eistruhe* kommen kann?", fragte ich.

„Komm mit raus, ich will, dass du meine Eltern kennen lernst", sagte sie. Ich deutete es als ein „Ja".

Bosie geleitete mich hinaus in die Eingangshalle, wo ich empfangen wurde wie ein Champion. Jungenhände wuschelten mir durchs Haar, und Mädchenlippen hauchten Küsse auf meine Wangen, während wir uns durch die begeisterte Menge einen Weg zum Cola-Automaten bahnten.

„Mama, Papa – das hier ist Johnny!", sagte Bosie und schob mich nach vorn, damit ich ihnen die Hand geben konnte.

„Ungewöhnlicher Springstil", sagte ihr grauhaariger Vater steif. Sein dunkelblauer Anzug hatte Knitterfalten an den Ärmeln.

„Wie erstaunlich, dass du mit diesen vielen Haaren springen kannst", flötete Bosies Mutter. Sie trug eine

Kette aus Perlen, groß wie Golfbälle. Bosie lachte höflich über ihre witzige Bemerkung.

„Ja, wirklich", sagte der Vater. Er rückte an seiner Brille mit den halbmondförmigen Gläsern herum, senkte die Nase in Richtung meiner tropfenden Haare und schnalzte missbilligend mit der Zunge. „Komm, Liebling, wir gehen jetzt besser!" Doch ehe sie es tun konnten, stellte sich ihnen eine Tröte mit lila Haaren in den Weg.

„Huhuuu! Rüüübchen!" Es war Mama. „Hab ich deine Vorführung verpasst?"

„Ja", sagte ich und verschwieg lieber, *was* ich alles vorgeführt hatte.

„Tut mir Leid, dass ich zu spät gekommen bin", plapperte sie weiter, „aber ich musste Pongo noch vom Tierarzt abholen."

„Das ist unser Hund", erklärte ich.

„Er hat gerade eine kleine Operation hinter sich – sein Darm musste abgedichtet werden", fügte sie hinzu, damit Mr und Mrs Cricket sich alles so richtig lebhaft vorstellen konnten.

„Mama!", zischte ich.

„Oh, hab ich was Falsches gesagt, Johnny?"

Was sollte ich darauf antworten? „Nein, natürlich nicht", log ich.

„Dann ist es ja gut", sagte sie. „Kannst du mir mal eben helfen? Ich hab auf dem Parkplatz einen kleinen Unfall gebaut, mit Papas neuem Wagen. Da ist aber wirklich die Werkstatt dran schuld, die haben den ersten Gang viel zu dicht an den Rückwärtsgang gelegt!" Mein Magen zog sich zusammen wie ein Knoten in einem Gummiband. Diese Szene war peinlicher als ein Furz in einem Fahrstuhl. Bosies Eltern hatten bei Mamas lautem Auftritt die Köpfe eingezogen. „Also los, Rübchen, ich brauch deine starken Muskeln, um die Metallteile zu sortieren, bevor die Besitzer des anderen Autos auftauchen!"

Unglücklicherweise waren die Besitzer des anderen Autos Bosies Eltern. Als Mrs Cricket sah, in welchem Zustand sich ihr Mercedes 500 S befand, brach sie in Tränen aus. Mr Cricket reagierte beherrschter. Sein Gesicht wurde so lila wie Mamas Haare, und seine Augen begannen zu zucken. Mama wieherte wie ein nervöses Pferd, und ich warf einen Blick auf Bosie, die die Hände vors Gesicht geschlagen hatte. Warum bloß findet sich nie ein Loch, wenn man vor lauter Peinlichkeit am liebsten im Erdboden versinken möchte?

Lieber Gott, lass mich im Erdboden versinken!

Wenn ich älter bin,
erfinde ich
ein Loch,
ungefähr so
groß wie London,
das lässt sich
zusammenfalten,
wird winzig klein
und passt in jede
Streichholzschachtel rein.

Und dann, in großer Not,
wenn alles um mich
furchtbar ist
und mein Kopf
knallrot,
weil meine Eltern peinlich sind,
tut das Folgende ihr Kind:
Schachtel öffnen,
Loch entfalten,
kurz noch winken
... und versinken.

(Johnny Casanova – der sich manchmal wünscht, ein armes Waisenkind zu sein)

Meine Scham nahm kein Ende, als ich Mr und Mrs Crickets kaputte Stoßstange sah und als Mama sich nicht erinnern konnte, wie ihre Versicherung hieß, wodurch sie wie ein Pferd ins Schwitzen geriet und ihr die lila Haarfarbe die Stirn und den Nacken hinunterlief. Sogar der Anblick von Pongo, der mit einer blauen Trichter-Halskrause über dem Kopf auf dem Rücksitz hockte, war dagegen noch halbwegs erträglich. Nein, meine Scham erreichte ihren absoluten Höhepunkt, als ich sah, was für einen neuen Wagen Papa gekauft hatte – einen Lada! Einen Zweitakter-Schuhkarton auf Rädern! Hatte mein Vater denn keinen blassen Schimmer, dass es noch tausendmal uncooler war, in einem Lada gesehen zu werden, als Jeans von C&A zu tragen? Nur absolute Schwachköpfe fuhren Lada – womit so ziemlich alles über

84

meinen Papa gesagt war: Terry Worms, Vorsitzender des Verkehrsvereins für Vollidioten. Darauf konnte es nur eine Antwort geben. Ich wandte mich ab und machte mich zu Fuß auf den Heimweg.

Hinter mir rührte Mama mit dem Schaltknüppel herum und legte knirschend den widerspenstigen ersten Gang ein. Der Motor heulte auf, die beiden Stoßstangen rissen sich voneinander los, und die vordere Stoßstange des Ladas fiel scheppernd zu Boden wie ein Pfeifenstopfer aus Aluminium. Kurz darauf hörte ich, wie Papas große Liebe (also der Lada, nicht Mama) vom Parkplatz geschossen kam und mich verfolgte. Mama hielt mitten auf der Straße und stieß die Wagentür auf.

„Geh weg!", sagte ich. „Ich kenne dich nicht!"

„Steig ein!", brüllte sie. Die Sehnen an ihrem Hals traten so deutlich hervor, dass ihr Kopf aussah wie der Pariser Eiffelturm. Ich quetschte mich neben die verbogene Stoßstange auf den Rücksitz.

„Na, da wird sich Papa aber freuen", sagte ich so bösartig wie möglich.

„Halt bloß die Klappe!", schnauzte Mama. Sie hatte die Augen weit aufgerissen, was so aussah, als würden sie gleich platzen. Im nächsten Moment merkte ich, dass sie weinte.

„Bosie wird nie wieder ein Wort mit mir reden", murmelte ich vorwurfsvoll. „Und du bist schuld!"

Ein paar Minuten lang sprach keiner von uns ein Wort. Dann sagte Mama „Männerpack!", und wieder schwiegen wir ein paar Minuten.

Mama war fix und alle, als wir ankamen. Und sie war sicher, dass Papa einen Herzanfall erleiden würde, wenn er sah, was sie angerichtet hatte. (Vielleicht klappte es ja tatsächlich, mit ein bisschen Glück.) Sie bog in unsere Straße ein und stellte den Motor ab.

„Steig aus, und sieh mal nach, wo er ist!", flüsterte sie. Die Götter wissen, warum sie die Stimme senkte – wir befanden uns in einem geschlossenen Auto, fünfhundert Meter von unserer Haustür entfernt!

Papa war gerade im Garten beschäftigt – er bastelte an einer Raketenabschussrampe aus Plastikrohren und einer Luftpumpe. Neben ihm lagen auf einem Tablett mehrere Stücke BSE-verseuchtes Rindfleisch als Munition. In unserer Parknische hatte er parallel zur Grundstücksgrenze Sherenes Trampolin an zwei dicken Pfählen festgebunden, die in dem Blumenbeet vor Mr Drivers Haustür steckten.

„Wozu ist das denn?", fragte ich.

„Für den Fall, dass er nach meinem Bombardement zurückschlägt", erklärte Papa. „Das ist ein beweglicher Schutzschild, Johnny, der die Geschosse zurückschleudert, wenn Mr Driver unser neues Auto ins Visier nimmt. Ich will doch nicht, dass er mir den Lack mit Essigbomben zerstört!"

Ich ließ Papa in seinen Waffenträumen schwelgen und gab Mama ein Zeichen, dass die Luft rein war. Sie fuhr den Lada so dicht an die Hauswand heran, bis nur noch ein paar Zentimeter Abstand zwischen den Scheinwerfen und dem Mauerwerk blieben. Dann klemmte ich die

Stoßstange zwischen Mauer und Auto, damit es so aussah, als wäre sie noch dran.

Wir schafften es gerade rechtzeitig. Als Mama ausstieg, kam Papa schon angerannt und ließ seine Hand liebevoll über die Karosserie gleiten.

„Ist dieses Auto nicht wunderschön?", hauchte er begeistert. „Ooh, noch ganz warm unter der Motorhaube. Wie fährt es sich denn, Schatz? Ist es nicht ein Traum?"
Ja, ein Albtraum, dachte ich.

Mama lächelte schwach und versuchte, das Thema zu wechseln, indem sie eine lobende Bemerkung über die wunderhübsche Raketenabschussrampe machte ... Aber Papa hatte nur Augen für seinen neuen blechernen Schrotthaufen. „Wenn ich den Wagen ein bisschen aufgemöbelt habe, wird er fantastisch aussehen", sagte er. „Wir müssen bloß die nächsten zwei Jahre auf unseren Urlaub verzichten, dann haben wir ihn abbezahlt!"

„Was kostet er?", brachte Mama mühsam hervor.

„Nur 4 500 Pfund!", sagte Papa stolz. „Ein Top-Angebot!"

„*Nur?*", kreischte ich. Mama schloss schweigend die Augen.

„Ich wusste, dass euch das umhaut!"

„Funssoniert der Motor überhaupt?", fragte Sherene. Sie hatte den pupsfreien Pongo aus dem Auto befreit. Dabei war der Türgriff in ihrer Hand abgebrochen. „Oder stümt was mit den Keilriemen niss?"
Es war ein langer Tag gewesen, doch die Nacht sollte noch viel länger werden. Mein Körper sehnte sich da-

nach, Bosie zu küssen. Wenn ich an ihre Lippen dachte, krampfte sich mein Magen zusammen wie bei einer Lebensmittelvergiftung. Während ich in den Schlaf hinüberdämmerte, stellte ich mir vor, Bosies süße Lippen zu berühren. Doch dabei tauchte über ihrer Schulter immer wieder Mamas Gesicht auf. „Und damit das klar ist, Rübchen", sagte sie. „Ich bin fest entschlossen, immer in deiner Nähe zu bleiben, damit ihr beiden auch ganz sicher nie, nie irgendwelche Schweinereien macht!"

An diesem Nachmittag hatte sie sich wirklich völlig lächerlich gemacht. Bosie würde mich am nächsten Tag in der *Eistruhe* keines Blickes würdigen, und wenn, dann würden es sicher nur grausame Blicke der Verachtung sein. Meine Trübsal war ein kalter Bettgefährte, daran änderte auch das Schmökern in meinen Duschprospekten nichts ...

Ungefähr um halb zehn klingelte das Telefon. Ich war erstaunt, als Mama die Treppe heraufkreischte, der Anruf sei für mich. Benommen stieg ich aus dem Bett und wankte zum Treppenabsatz, um das Gespräch entgegenzunehmen.

„Hallo", murmelte ich.

„Hi", sagte Bosie. „Ich wollte dir nur gute Nacht sagen." Es war wirklich Bosie! Ich war splitterfasernackt und sprach mit Bosie! „Ich hab dich doch nicht etwa aus dem Bett geholt?"

„Quatsch!", sagte ich lässig und bedeckte vorsichtshalber meine Blöße. „Ich geh nie vor Mitternacht ins Bett. Was macht der Wagen?"

„Die Versicherung übernimmt den Schaden", sagte sie. „Ich weiß gar nicht, was das ganze Theater sollte!"

„Tut mir Leid, dass meine Mutter so verrückt gespielt hat", unterbrach ich sie.

„Sie war doch witzig", erwiderte Bosie.

„Aber du hast doch die Hände vors Gesicht geschlagen!"

„Ich wollte nicht, dass meine Eltern mitkriegen, wie ich lache. Du bist genau wie deine Mutter, weißt du?"

„Echt?"

„Genauso witzig, mein ich. Und, kommst du morgen in die *Eistruhe*?"

Ich geriet in einen solchen Schockzustand, dass meine Stimme versagte. Meine Antwort war ein perverses Grunzen.

„Dann bis dann! Gute Nacht!" Plötzlich war die Leitung tot. Ich stand mindestens zehn Minuten nackt und wie versteinert da, bevor ich den Hörer auflegte.

In dieser Nacht hatte ich einen merkwürdigen Traum:

Ich stehe mit einem großen Stück Käse in der Hand am Kühlschrank und wedele damit Mama und Papa unter der Nase herum, um sie anschließend in den Schuppen hinauszulocken. Sie laufen hinter mir her wie zwei blinde Mäuse, und ich öffne die Schuppentür und schmeiße den Käse hinein. Als die beiden drin sind, knalle ich die Tür zu, verrammele sie mit drei Vorhängeschlössern und warte auf das Zuschnappen der Mausefallen. Da höre ich es, wie das Zischen eines Pfeils, der sich in einen Marterpfahl bohrt. Und als ich die Tür wieder aufmache, bin ich eine Waise, und Mama und Papa sind tot wie aufgespießte Haselmäuse. Bestimmt bin ich der weltweit erste Mörder, der Mausefallen erfolgreich als tödliche Waffen eingesetzt hat. Zurück im Haus packe ich Sherenes Koffer, schicke sie mit einem kleinen Taschengeld ins Internat und verbiete ihr, sich je wieder bei mir zu melden.

Dann gehe ich zur Bank, hebe mein ganzes Erbe ab und steige in den nächsten Flieger. Als ich ganz oben auf der Treppe ankomme, stehe ich plötzlich auf einem Sprungbrett. Ich bin nackt, und Bosie treibt auf einer Luftmatratze, die aussieht wie rote Lippen, in einem herzförmigen Schwimmbecken unter mir im Wasser umher. Sie beginnt zu telefonieren, und plötzlich klingelt es in meiner Hose – was etwas merkwürdig ist, weil ich doch gerade noch nackt war. Also gehe ich ran, und am anderen Ende der Leitung schnurrt mich Bosie an wie eine Miezekatze und sagt: „Komm rein, das Wasser ist herrlich!" Ich springe hinein, um zu ihr zu gelangen, aber als ich auftauche, ist das Schwimmbecken plötzlich nicht mehr da. Ich bin an einem Fitness-Strand auf Barbados, wo Muckis Macht bedeuten, und Bosie serviert mir blaue Cocktails mit kleinen Schirmchen drauf und ölt mir meinen goldbehaarten, kakaobraunen Wespentaillen-Body ein, während die Sonne jenseits des Ozeans untergeht wie ein explodierender Feuerball.

Das war mein Traum. Und deswegen war ich, als ich aufwachte, heißer als ein Feuerwehrmann mitten in einem Flammenmeer. Ich war Johnny Adonis, der griechische Body-Gott, und Bosie würde sich bei unserem Treffen in der *Eistruhe* in mich verlieben. Ich war einfach unwiderstehlich. Wir würden uns küssen. Keine Frage.

Vorsicht – sei dir nicht zu sicher!

Absolute Sicherheit
verbreitet große Fröhlichkeit.
Doch man fühlt sich nicht so toll,
wenn das, was sich ereignen soll,
... dann leider nicht passiert.

(Johnny Casanova – der aus bitterer Erfahrung spricht)

Fleckenteufel

Im Schlaf kam mir mein Traum noch richtig witzig vor, aber schließlich wurde mir klar, dass er in mehrfacher Hinsicht eine grausame Lektion war. Es ging um die Gefahren der Selbstüberschätzung, um die allumfassende Wahrheit von Yin und Yang und das Gleichgewicht von Gut und Böse. Der Traum machte mich vertraut mit Gottes Humor und mit diesem kleinen, lustigen Phänomen, das man *Murphys Gesetz* nennt: das ungeschriebene Gesetz, dass – wenn du endlich mal alles auf die Reihe kriegst und dich gut fühlst, wenn das Leben plötzlich Gestalt annimmt und einen Sinn bekommt, wenn du endlich mal *glücklich* bist – dass genau dann *immer* irgendwas passiert, das dich wieder runterreißt, das dich *unglücklich* macht und dir deinen Gefühlshaushalt fürs restliche Leben versaut.

Ich will es erklären: Als ich am Sonntagmorgen aufwachte, ging es mir topp. Das muss man ganz klar sehen: Natürlich spürt jeder Junge ein angenehmes Prickeln im Bauch, wenn er gerade seine langweiligen Eltern um die Ecke gebracht hat und Bosie Cricket ihm anschließend Weintrauben aus dem Schoß pflückt. Ich fühlte mich frischer als Frischkäse. Und so betrat ich an diesem Morgen beschwingt das Badezimmer, um mich für mein Date in der *Eistruhe* fertig zu machen. Ich hatte große Pläne, für ein paar Stunden in Badeschaum und Body-Öl zu schwelgen wie ein römischer Gladiator vor seinem großen Ringkampf mit dem Löwen. Aber meine frische Lebensfreude sollte nur von kurzer Dauer sein, denn beim Betreten des Bades fiel mein Blick zufällig in den Spiegel.

Was der süßeste Augenblick meines Lebens hätte werden sollen, entpuppte sich als so sauer wie ein ganzer Bierhumpen voll unverdünntem Zitronensaft: Ich hatte einen kleinen Pickel auf der Nase! Es war kaum zu glauben. Alle anderen auf der Welt hatten Pickel, aber ICH doch nicht! Vierzehn Jahre ungetrübter Schönheit lagen hinter mir, und nun, kurz vor Beginn meiner ersten lebenslangen Beziehung, fing meine Haut an, Geschwüre zu bilden! War Gott gegen mich? Erst der Lada und jetzt die Lepra! Ich fragte mich wirklich, ob Er etwas gegen mich und Bosie hatte. Schließlich waren wir bloß ein harmloses, nettes kleines Liebespaar und nicht Bonnie und Clyde! Das konnte einfach nicht gerecht sein! Ich erwartete ja keinen perfekten Teint, aber eine mittelmäßige Reinheit wäre ganz nett gewesen. Die merkwürdige zartrosa Färbung, die meine Haut manchmal annahm (an Tagen, wo ich zu Hause bleiben konnte), hätte ich okay gefunden, aber doch nicht eine blinkende rote Ampel im Gesicht! Ich sank vor dem Bidet in die Knie und gelobte beim Leben meiner Mutter, von nun an ein-, zwei- oder dreimal täglich zu beten, wie der liebe Gott es wollte, wenn Er mich nur von diesem Pickel erlöste!

Gott gab keine Antwort. Keinen Ton. Nichts als quälendes kosmisches Schweigen. Ein primitiver Urschrei

des Schmerzes entrang sich meiner Kehle, und ich verließ rennend das Haus, um ein schnell und dauerhaft
wirkendes Mittel gegen mein Leiden zu suchen.

Über Pickel

Bei Haut
mit
Pickeln
empfinden
Mädchen
wenig
Prickeln,
denn
Eiter
stimmt
nicht heiter.

(Johnny Casanova – auch bekannt als „Al Pockengesicht")

„Raus mit dir!", sagte die Ärztin.

„Aber mir ist ein neuer Kopf gewachsen!", jammerte
ich, ein bisschen übertreibend, damit sie mich verstand.

„Du bist ein Hypochonder!"

„Dann behandeln Sie mich dagegen", sagte ich, stellte
meinen Fuß in die Tür und schubste die Ärztin zurück an
ihren Tisch. „Bitte, Sie müssen einen Blick drauf werfen", flehte ich. „Auf meinem Gesicht wachsen die Al-
pen!" Ich legte mich auf die Untersuchungsliege und zog
den schwenkbaren Scheinwerfer an mein Gesicht, damit
sie alles genau sah.

„Das ist nicht schlimm", sagte die Ärztin gereizt.

„Das heißt, Sie können es *sehen*?"

„Das ist bloß ein kleiner Pickel."

„Sagen Sie es doch nicht so direkt!", stöhnte ich. „Belügen Sie mich. Sie sind doch Ärztin!"

„Möchtest du, dass ich ihn rausschneide?", bot sie an und riss die Papierhülle von einem Einwegskalpell. In ihren Augen glitzerte der Wahnsinn, als wolle sie sagen: *Ich bin eine Verrückte, nicht mal ich weiß, was ich als Nächstes tue* ...

„Gibt das eine Narbe?", winselte ich.

„Bloß eine, die nie wieder weggeht", lautete ihre witzige Antwort. Die Ärztin kam einen bedrohlichen Schritt näher. Blitzschnell glitt ich von der Liege runter.

„Wenn ich's mir recht überlege, dann lasse ich den Pickel vielleicht doch lieber, wo er ist", sagte ich mit einem schwachen Grinsen, während sie ein Rezept ausstellte und es mir über den Tisch hinweg lässig zuschnippte.

„Kann ich sonst noch irgendwas für dich tun, wo du schon mal hier bist?", fragte sie und kam noch einen Schritt näher. „Was machen die Muskeln?"

„Sie gedeihen prächtig", log ich. „Wie bei einem Nashorn."

„Und die Hoden?"

„Oh, alles in Ordnung", quiekte ich. Die Stahlklinge in ihrer Hand zuckte und blitzte im Licht des Röntgenbildschirms auf. Diese Ärztin war verrückt! Die Kastrationswut stand ihr ins Gesicht geschrieben.

„Ich denk, ich geh dann jetzt", sagte ich und entwischte durch die offene Tür.

Über die Entmannung

Sich unter ein Skalpell zu legen,
bringt für Männer keinen Segen.
Denn manche Ärzte sind das Grauen
und wollen dir die Eier klauen!

(Johnny Casanova – mit dem Aufruf an alle Hühner: Verteidigt euer Gelege!)

Ich ging mit dem Rezept zur Apotheke, aber der Apotheker lachte mich bloß aus. Die Ärztin hatte „Eine dicke Tube Make-up" auf den Zettel geschrieben. Ich habe es ja schon gesagt, und ich kann es nur wiederholen: Ich bin nicht gerade der größte Fan von Medizinerhumor. Meiner Meinung nach kämen wir ohne Ärzte viel besser zurecht ... es sei denn, man stirbt gerade, oder man braucht ein falsches Bein, oder man hat Würmer.

Ich beschloss, Mr Patels Regale nach einem Mittel gegen Hautunreinheiten abzusuchen.

„Fleckenteufel", schlug er vor. „Das wird gern genommen."

„Aber es hilft nicht gegen Höcker im Gesicht!", schnauzte ich.

„Entschuldige bitte, Johnny. Heute habe ich irgendwie nur Muddelkuddel im Kopf. Es ist schrecklich, aber mein Herz hängt nicht mehr an der Arbeit!"

„Wie furchtbar", sagte ich und versuchte, mitfühlend zu klingen, obwohl es mich nicht die Bohne interessierte. Alles, was ich wollte, war ein kleines Zaubermittel, um meine Pickel zu plätten.

„Was gäbe ich drum, hinten aus dem Lager den Gesang einer schönen Frau zu hören, meiner Ehefrau", seufzte er. „Ach, was sag ich? Sie bräuchte nicht mal schön zu sein!"

„Sehr gut", sagte ich lächelnd. „Und mein Pickel?"

„Woher soll ich das wissen!", brüllte er plötzlich voller Wut. „Bin ich ein Ladenbesitzer, verdammt noch mal, oder ein Warzenbesprecher?"

„Es fällt also auf?", fragte ich in Panik.

„Es fällt überhaupt nicht auf, Johnny. Fast überhaupt nicht!"

„Ich hab mir irgendwas Heftiges vorgestellt – so wie im Mittelalter ... Einen Einlauf vielleicht. Blutegel, Senfwickel oder glühende Brennscheren oder so ..." Ich wollte nicht, dass dieser Pickel jemals wiederkam. Ich wollte ihm eine Abreibung verpassen, die er nicht vergessen würde.

Da ging ein Leuchten über Mr Patels Gesicht. „Ja, jetzt fällt's mir wieder ein", sagte er und fuhr sich mit den Fingern durch sein langes graues Haar. „Vor fünf Jahren habe ich zwölf Dutzend wirklich genialer Truthahnbeträufler für Weihnachten bestellt. Damals machte mir die Firma ein ganz besonderes, einmaliges Angebot: zehn Mini-Beträufler, die aus einer Fehlproduktion stammten. Um sie loszuwerden, taufte die Firma diese zehn kleinen

Truthahnbeträufler einfach um und nannte sie Mitesser-Entferner, denn diese Miniausgaben arbeiten natürlich nach demselben Saugpumpenprinzip wie die großen, verstehst du?"

„Ja klar", sagte ich, obwohl ich überhaupt nichts verstand. „Und, haben Sie noch welche davon?"

„Ich habe noch zehn", sagte Mr Patel. „Wo könnten die bloß sein?" Er verschwand im Lager, um nachzuschauen.

Zwanzig Minuten später, nach lautem Krachen, Scheppern und Fluchen, kam er triumphierend wieder heraus.

„Gefunden!", verkündete Mr Patel stolz. Er hielt eine winzige Kolbenspritze an sein Gesicht und drückte eine dicke Staubwolke aus dem Spritzloch. „Er ist noch so gut wie neu!" Ich berührte vorsichtig die klebrige Kruste aus Dreck und Staub. „So sieht also ein Truthahnbeträufler aus?"

„Nein, eine *Mitesser-Absaugpumpe*", las Mr Patel vom Etikett ab. „*Zur schmerzfreien Entfernung von Pickeln und Mitessern.* Bestimmt ein kleines Wunderwerk. Ich verstehe gar nicht, warum ich nicht mehr davon verkauft habe."

„Ich nehme eine", sagte ich. „Könnten Sie sie vorher waschen?"

„Für dich, Johnny, wickle ich sie sogar in eine Papiertüte!"

„Das ist aber wirklich nett!"

„Kostet nur zwei Pence extra."

Als ich nach Hause kam, standen Mama und Papa gerade im Garten und stritten sich. Ich ging hinter dem kaputten Lada in Deckung. Papa war einkaufen gewesen und hatte sich eine Schachtel Spielzeugsoldaten, ein Fußball-Brettspiel und einen teuren Bildband über die berühmtesten Feldzüge Napoleons besorgt.

„Wozu?", zischte Mama.

„Kriegsspiele", erwiderte Papa. „Es hat keinen Sinn, Krieg gegen die Nachbarn zu führen, wenn man sich vorher nicht mit Strategie befasst hat, Babs. Schau doch mal." Er holte das grüne Filz-Spielbrett aus dem Karton. „Das hier ist das Schlachtfeld. Tolle Idee, was? Jedenfalls wird es das Schlachtfeld sein, wenn ich den Gartenzaun in der Mitte eingezeichnet habe ..."

„Wenn du dir Kriegsspiele leisten kannst, dann will ich eine Generalüberholung", sagte Mama und zog eine Zeitschrift voller Eselsohren aus ihrer Tasche.

„Was soll das?", fragte Papa.

„Ich will mir das Fett absaugen lassen, Terry."

„Das ist was für Weiber mit Doppelkinn und breiten Hüften", sagte er. „Das brauchst du doch nicht, Liebes."

Aber Mama war anderer Meinung.

„Ich habe mich erkundigt", sagte sie und hielt Papa die Zeitschrift unter die Nase. „Ich will in diese Klinik für Kosmetische Chirurgie in Watford. Und ich will, dass du es bezahlst!"

„Wozu brauchst du denn kosmetische Chirurgie?", knurrte Papa.

„Ich bin vierzig Jahre alt, Terry. Und ich sehe aus wie ein alte Papiertüte. Ich will wieder jung und schön sein."

„Kauf dir eine Flasche Selbstbräuner!"

„Oh, mein Rübchen, biiitte!", flötete sie albern, legte den Kopf zur Seite und sah Papa mit großen Kulleraugen an. „Dein tlitzeleines liebes Mausilein will doch so gerne wieder ssööön sein! Mag Süßi-Küssi denn gar nicht mehr mit Schmusi-Busi spielen?" Das mochte er offenbar nicht. Papa sagte bloß, sie solle sich benehmen wie eine erwachsene Frau und endlich akzeptieren, dass er sein Geld lieber in eine richtige nagelneue Kanone investiere als in eine falsche nagelneue Frau. Und damit stürmte er in seinen Schuppen, um Feldherr zu spielen.

Mama biss sich auf die Lippen und schlich bedrückt zurück ins Haus. Ich wartete ein paar Minuten (damit sie nicht auf die Idee kam, ich hätte gelauscht), dann folgte ich ihr.

Als ich hereinkam, hatte Mama gerade ein Glas Wein geleert, und ihre Schwester Rene schenkte ihr bis zum Anschlag nach. Beide waren ganz rot im Gesicht und starrten trübe vor sich hin, besonders Tante Rene. Sie hatte dicke Pausbacken und eine Rotznase, und an ihren finsteren Blicken merkte ich deutlich, dass sie mit Mama allein sein wollte, um sich an ihrer Schulter auszuweinen und in Ruhe mit ihr über Männer herzuziehen. Seit ihrer Scheidung tat Rene nichts anderes mehr.

„Oooh, Rübchen", quiekte Mama. „Du hast ja einen kleinen Pickel auf der Nase! Soll ich ihn ausdrücken?" Ich wehrte ihre nach vorn schießenden Finger mit Hilfe einer Bemerkung über Papas neuen Wagen ab.

„Hast du Papa schon von deinem Unfall erzählt?", fragte ich laut.

„Pschscht!", zischte sie und merkte gar nicht, wie laut sie selber war. „Das ist doch geheim!"

„Das Radio ist wieder im Eimer!", kreischte Nan vom Wohnzimmer herüber. „Ich kann den Gottesdienst-Sender nicht finden, Babs!" Mamas Augenbrauen zuckten wie zwei Schnecken auf dem elektrischen Stuhl.

„Rene und ich wollten gerade noch ein Gläschen trinken ... Bist du sicher, dass ich dir den Pickel nicht mit Wasserdampf aus dem Kessel entfernen soll?"

„Nein, danke!", schnauzte ich. „Übrigens bin ich heute Abend nicht da", fügte ich beiläufig hinzu. „Okay?"

„Is mir egal", lallte sie, stolperte ein paar Schritte rückwärts und ließ sich wieder in ihren Sessel fallen.

Ich nahm meine Mitesser-Absaugpumpe mit hinauf. Oben auf dem Treppenabsatz lagen Sherene und unsere kleine Kusinenkröte Ramone, Tante Renes Tochter. Sherene und Ramone hatten einen Club gegründet, den sie *Die Lieben Wilden* nannten. Ramone war dafür gewesen, dass sie sich nur *Die Wilden* nennen sollten, weil es so richtig cool klang. Aber das war Sherene nicht nett genug gewesen, und deswegen hatte sie darauf bestanden, „lieb" hinzuzufügen, damit die Leute gleich merkten, dass es ein Mädchenclub war. Der Lieblingstrick der zwei *Wilden* war, plötzlich hinter mir aufzutauchen und mir in den Hintern zu beißen – echt zum Piepen! Sogar zusammen hatten die beiden weniger Zähne als Nan, also waren ihre Angriffe mehr ein Zusammenkneifen von Zahnfleisch ... Jedenfalls: *Die Lieben Wilden* blockierten gerade den Treppenabsatz und zerknautschten ihre

Münder zu grässlichen Grimassen, um ihre Lippen voller wirken zu lassen.

„Guck ma", sagte Sherene. „Wenn iss nämiss doll genuch dran sauge, dann wern meine Lippen so rot wie Bluuut. Und wenn iss dann noch weiter dran sauge, wern se auch noch ganz dick. Iss bin nämiss Pämmela Ändersn von *Bej-Wotsch!*"

„Du bist bestimmt nicht Pamela Anderson aus *Baywatch*", sagte ich. „Du kannst ja nicht mal schwimmen!"

„Du kannss ja auch niss schwümm!", kreischte sie, während ich an ihr vorbei ins Bad schwebte, um Papas Rasierspiegel zu klauen. „Und außerdem hass du 'ne Himbeere aufer Nase!"

„Kleiner Tipp!", rief ich ihr zu. „Sauf niemals in meiner Nähe ab. Ich würde dich bestimmt nicht retten!" Damit schloss ich mich in meinem Zimmer ein, während Sherene sich dunkelrot vor Wut auf den Teppich warf und Ramone einen Heuler losließ, der wie eine amerikanische Polizeisirene klang.

Ich setzte mich auf mein Bett, wickelte den Mini-Truthahnbeträufler aus der Papiertüte und begutachtete mein entstelltes Gesicht in Papas Spiegel. Um meine Gefühle zu schonen, hatten manche Leute einfach behauptet, es wäre nichts zu sehen, aber ich merkte sofort, wenn man mich anlog. Warum war das Leben nur so grausam? Ich war doch zu jung, um hässlich zu sein. Als alter Mann wäre es mir egal gewesen, denn wenn man über vierzig ist, spielt das Aussehen bei der Liebe eh keine Rolle mehr – dann kommt es nur noch darauf an, wie viel Kohle man hat. Aber mein Pickel würde Bosie total abtörnen. Dieser lächerliche, gebirgshohe Geschwürklumpen! Am liebsten hätte ich ihn mit einem Spaten ausgehoben! Ich drückte den Kolben bis zum Anschlag in den Zylinder hinein, hielt die Mitesser-Absaugpumpe über meinen Pickel und warf einen Blick auf die Gebrauchsanweisung: *Ziehen Sie vorsichtig am Kolben, und das Wunder geschieht!*

Es geschah gar nichts.

Ich versuchte es wieder und drückte die Öffnung der Spritze diesmal tief in die Haut rings um den Pickel – dann zog ich den Kolben ganz langsam nach oben, damit die Vakuum-Saugwirkung sich optimal entfalten konnte. Ungefähr auf der Hälfte blieb mir die Luft weg, denn plötzlich schlug ein Blitz in mein Gesicht ein und jagte mir einen stechenden Schmerz in die Nasennebenhöhlen. Geschafft, dachte ich. Der Pickel war bestimmt geplatzt.

Doch bei genauerer Untersuchung stellte sich heraus, dass ich es bloß geschafft hatte, meine halbe Wange in die Spritze zu ziehen. Es war die Hölle! Ich zerrte an der Mitesser-Absaugpumpe, aber sie ging einfach nicht ab!

Ich ließ den Kopf nach unten hängen und hoffte, dass die Schwerkraft mich von meinen Leiden erlösen würde, aber die Spritze baumelte herunter wie ein Mega-Kropf. Es gab nichts, was uns hätte trennen können.

Was hatte ich nur getan? Wie sollte ich denn zur Schule gehen, wenn mir ein Truthahnbeträufler im Gesicht hing? Ich zog noch mal.

„Aaaaaah!“

„Was machss 'n du da drin?“, rief Sherene, die heimlich außen an der Tür gelauscht hatte.

„Hau ab!“, heulte ich. „Nein, warte! Du musst mir helfen, Sherene!“

„Nur wenn du sachss, dass iss toll schwümm kann!“, bot sie großzügig an.

„Ich sag, was du willst“, versprach ich, wischte mir die Tränen vom Gesicht und schloss die Tür auf.

„Au weia, nimmss du Drooogen?“, fragte Sherene. Sie starrte mit offenem Mund auf die Spritze. Ich zog sie in mein Zimmer.

„Das ist ein Truthahnbeträufler!“, brüllte ich. „Mach das Ding irgendwie ab!“

„Du biss doch gar kein Truthahn“, stellte sie fest.

„Tut das weh, das Beträufeln?“, mischte sich Ramone ein.

„Du musst einfach ziehen!“, schrie ich. „Nein, nicht am Kolben!“ Sherene hatte ein weiteres Kilo Wangenfleisch in den Zylinder gesogen. „Weiter vorn! An der Spritze!“ Sie packte den Truthahnbeträufler, stellte einen Fuß auf meinen Bauch und lehnte sich zurück, so weit sie konnte. Mit einem gewaltigen PLOPP! löste sich die Mitesser-Absaugpumpe von meiner Wange.

„Waaaaaah!“ Meine Haut riss in Stücke, und Sherene kullerte rückwärts über mein Bett, während Ramone die Gunst der Notlage nutzte, um mir kichernd in den Hintern zu beißen. Ehrlich gesagt, ich merkte es kaum. Der Pickel war unversehrt, nur die Haut drum herum war nun

rotblau und schwoll an wie nach dem Stich einer Bienen-
königin. Durch meine verdammte Eitelkeit war ich zum
Zombie geworden! In meiner Wut schrieb ich folgenden
Zettel und hängte ihn mir übers Bett:

AMTLICHE MITTEILUNG:
Wenn ich je irgendwann
in meinem Leben wieder einen Pickel kriege,
werde ich ihn nie, nie, NIEMALS anrühren!

Die Wut über meine eigene Blödheit verwandelte sich
rasch in eine schwere Depression mit Selbstmordgedan-
ken. Nun blieb mir nur noch die Einzelhaft in einem
abgedunkelten Raum, wo Bosie und der Rest der Welt
mich nicht in meiner Schande sehen konnten.

Ich fiel auf mein Bett und umarmte mein blindes,
unkritisches Kissen. „Adieu, Bosie", flüsterte ich und
drückte einen zärtlichen Kuss auf ihre Baumwollkissen-
lippen.

„Att-jöh, du Pickelgesiss!", spottete Sherene. Ich hatte ganz vergessen, dass sie noch im Zimmer war.

„Raus mit dir!", schrie ich und warf mit dem Kissen
nach ihr. Es knallte gegen die Wand und fiel zu Boden.

„Also würgliss!", sagte Sherene und grinste frech.
„Was machss du denn mit dei'm armen Knuuutschkis-
sen?"

Ach, warum nur?

(Bitte in getragenem Trauerton vortragen. Danke.)

Mein Kummer ist so kummervoll,
mein Leid tut mir so Leid,
denn meine Haut ist hässlicher
als pure Hässlichkeit.

Mein Schmerz tut tödlich weh,
ich bin ein armer Wicht
mit riesigen Furunkeln
und Kratern im Gesicht.

Warum nur hab ich es getan?
Warum hab ich's gemacht?
Weshalb mich nur durch dumme Hast
ums Liebesglück gebracht?

Ach, hätte ich mich doch beherrscht!
Ach, hätte ich doch bloß!
Dann wär mein kleiner Pickel jetzt
nicht fies und riesengroß.

Doch was nützt die ganze Reue?
Sie kittet keine Scherben.
Ich bin hässlich und entstellt
und muss mit Narben sterben.

(Johnny Casanova – der gerade in einem Strudel aus Selbsthass untergeht)

Ich wollte für immer auf meinem Bett liegen bleiben. Ich wollte nie wieder Tageslicht sehen. Von Zeit zu Zeit betastete ich meine Wange, um zu prüfen, ob die Schwellung schon zurückgegangen war. Aber die Stelle schien immer härter zu werden, wie eine Beule aus Schnelltrockner-Zement.

Ich kam mir vor wie ein Eichhörnchen mit einem ganzen Wintervorrat an Nüssen in der Backe. So konnte ich unmöglich ausgehen, völlig ausgeschlossen! Andererseits schossen mir immer wieder Bilder von Bosie durch den Kopf: wie sie verheult auf der Tanzfläche stand, weil ich sie versetzt hatte. Mein Gewissen meldete sich. Ich konnte sie doch nicht weinen lassen! Völlig ausgeschlossen! Oh Gott, warum konnte ich mich nie entscheiden? Ich würde gehen. Ich würde der Stimme meines Herzens folgen, das war die richtige Antwort! Ich würde hingehen – und wenn es Probleme gab, konnte ich immer noch umkehren. Ich würde jederzeit bereit sein, mich zu verdrücken, wenn der Pickel weiterwuchs oder plötzlich das Scheinwerferlicht auf sich zog wie eine von diesen Decken-Drehkugeln aus Spiegelmosaik. Und dann hatte ich einen genialen Einfall, der mich schneller aus dem Bett scheuchte als eine brennende Decke.

Ich würde Bosie mit meinem Outfit ablenken! Wenn mein Body verführerisch genug war, würde sie doch gar nicht auf mein Gesicht achten! Ich musste knallenge Klamotten tragen, die meine natürlichen Ausbuchtungen betonten. Schließlich fand ich eine alte Jeans, die ich nicht mehr angezogen hatte, seit ich zehn war, und quetschte meine Beine in die schmalen Röhren. Ich brauchte etwa eine Viertelstunde, um den Stoff über die Schenkel nach oben zu zerren und am Bund mit einer Sicherheitsnadel zusammenzustecken – aber die Mühe lohnte sich: Von der Hüfte abwärts war ich so straff wie eine Schlange. Meine Muskeln waren so eng eingepackt, dass sie sich nicht mehr rühren konnten. Wenn ich ging, musste ich meine Beine aus dem Hüftgelenk nach vorne rollen wie zwei unbewegliche Stahlträger. Aber trotz der Schmerzen: Ich sah bombensexy aus, und alle wichtigen Teile waren wunderbar zu sehen.

Dazu borgte ich mir ein orangefarbenes T-Shirt von Sherene, das mir ein paar Kilometer zu klein war. Es quetschte meinen Bauch ein und schnürte mir die Achseln ab, bis kaum noch Blut in meine Arme floss. Aber das Gute war, dass es meine Muckis zu kleinen Lusthügeln machte, wodurch ich aussah wie der Bruder von Bruce Willis. An den Füßen trug ich Boots mit offenen Schnürsenkeln – und das war's. Keinen Pullover, keine Jacke, keinen Hut. Ich wollte Fleisch zeigen. Ich brauchte wellige Berge und Täler aus Muskeln, um Bosie den Atem zu nehmen!

Um mein Macho-Outfit zu perfektionieren, setzte ich eine Sonnenbrille auf, ein altes Plastikding aus einer Jungenzeitschrift, die ich gelesen hatte, als ich acht war. Ich nahm das Flüssig-Tipp-Ex und pinselte noch das Wort „Porsche" auf den Nasensteg. Im Diskolicht würden neun von zehn Leuten meine Brille für eine echte Porschebrille halten, und wenn mein knackiger Körper

108

nicht reichte, dann würde so ein cooles Designerteil Bosie auf jeden Fall von meinem Pickel ablenken.

So gerüstet, verließ ich mein Zimmer und machte mich auf den Weg zur *Eistruhe*. Ich konnte es kaum erwarten, Wange an Wange mit Bosie zu tanzen – und mit ein bisschen Glück kam es vielleicht sogar zu einer heißen Knutscherei!

In der „Eistrube"

Ich war erst bis zur Diele gekommen, als sich Papa mir in den Weg stellte.

„Ich nehme dich mit", sagte er. Wahrscheinlich suchte er nach einem guten Grund, um Mama zu entkommen, die gerade panisch aus der Küche geschossen kam. Sie gab mir hinter Papas Rücken Handzeichen wie ein Tintenfisch, der den Verkehr regelt, und ihre Lippen formten unhörbar die Worte „Sag" und „dass" und „du" und „läufst". Offenbar wollte sie verhindern, dass Papa den Wagen aus der Parknische fuhr. Aber ich brauchte keinen soufflierten Text, denn ich wollte sowieso auf gar keinen Fall, dass Papa mich in einem Lada zur *Eistrube* fuhr und vor den Augen von Bosies Freunden absetzte. Also sagte ich: „Nein, danke. Ist nicht nötig, ich komm schon klar."

Aber Papa ließ nicht locker und sagte, er wolle mit dem neuen Wagen eine kleine Runde drehen.

„Dann dreh mal eine kleine Runde", erwiderte ich. „Aber ohne mich!" Am liebsten hätte ich gesagt: Du mit deinem lächerlichen Lada! Dreh doch eine kleine Runde über die Steilklippe! Das hätte mir allerdings einen Monat Stubenarrest eingebracht.

Mein Tonfall schien Papa ganz und gar nicht zu gefallen, und er blieb störrisch. „Traurig, dass den Kindern heutzutage ihre Eltern peinlich sind. Bei euch müssen alle gleich sein."

110

Ich hatte wirklich keine Lust auf Papas Sprüche. Missmutig vergrub ich die Hände in die Hosentaschen. Dann ließ ich meinen Pony über die Brillengläser rutschen, damit ich Papa nicht mehr sah.

„Sei doch mal anders als andere, Johnny! Geh ein Risiko ein!" Er boxte mich freundschaftlich und traf genau einen von Gingers blauen Flecken.

Ich hasste dieses Kumpelgetue. Es wirkte so falsch, denn mein Vater hatte in seinem ganzen Leben noch kein einziges Mal irgendetwas Aufregendes getan.

„Aber dann lachen die anderen mich aus!", stöhnte ich.

„Dann lach doch zurück!", riet er mir. Ein wirklich toller Tipp, um alle Zähne zu verlieren. „Na los!" Er öffnete die Haustür und zog mich hinaus zum Auto, während Mama noch ein bisschen blasser wurde und in die Küche zurückeilte, um sich zu übergeben.

Als die Stoßstange zu Boden schepperte, dachte ich, Papas Herz würde stehen bleiben. Doch er sprang aus dem Auto und starrte auf das verbeulte Blech, als hätte er gerade den weltweit letzten noch lebenden Dodo überfahren.

„Oh Gott!", piepste er und schlug die Hände vors Gesicht. „Oh, mein Gott, wie ist denn das passiert?" Doch sogar ein schlappes Hirn wie das von Papa brauchte nicht länger als drei Sekunden, um zwei und zwei zusammenzuzählen. „Babs!" Sein Gebrüll war wirklich Furcht erregend.

Mama erschien mit einem müden Lächeln an der Haustür.

„Was hast du getan?", heulte Papa und sank in die Knie.

„Sie muss gerade erst heruntergefallen sein", murmelte Mama wenig überzeugend.

„Stoßstangen fallen nicht einfach so herunter! Man muss sie schon abstoßen!"

Mama zitterte. „Liebling, beeil dich lieber, sonst kommt Johnny zu spät zu seiner Verabredung!"

„Ich fahre nicht ohne eine Erklärung!", brüllte Papa außer sich vor Wut.

Mama wirkte verzweifelter als eine Katze in der Waschmaschine. Sie war schon drauf und dran zu gestehen – da meldete sich plötzlich das Schicksal, genauer gesagt: Papas schrulliger Kleingeist. „Natürlich!", knurrte er. „Mr Driver! Da steckt dieser Mr Driver dahinter, stimmt's?" Jeder Widerspruch schien glatter Selbstmord zu sein, und Mama begriff eindeutig, dass es vorteilhafter war zu schweigen.

Papa rastete nun vollends aus, packte Pongo am Rand seines Trichters, schleifte ihn durch unseren Garten, über den Bürgersteig und durch Drivers Gartenpforte und setzte den kläglichen, kranken Kläffer auf das Dach von Mr Drivers Wagen. „Ruinier den Lack!", brüllte er den armen Hund an. „Los, alter Junge, sprüh Schwefelsäure drüber, tu's für Herrchen!"

„Der Tierarzt hat gesagt, er soll sich nicht überanstrengen", protestierte Mama, aber die Würfel waren bereits gefallen. Mr Driver stand mit einem Baseballschläger in der Tür.

„Wenn Sie meinen Wagen noch einmal anrühren, Worms, dann ist Ihrer im Nu reif für den Schrottplatz!"

Papa nahm die Herausforderung an und verstärkte fieberhaft seine Hundebauch-Massage, was auf Mr Driver dieselbe Wirkung hatte wie ein rotes Tuch auf einen Stier. Er stürmte hinüber zu unserem Lada und verpasste der Motorhaube eine Delle von der Größe eines Woks. Das war das Zeichen für meinen Rückzug.

„Tja, also dann, viel Glück", sagte ich fröhlich. „Ich hoffe, dass sich noch alles klärt ..." Und weg war ich. Ich rannte durch den Vorgarten und die Straße hinunter, bevor Papa mich zurückhalten konnte.

Als ich mich nach Atem ringend an einen Laternenpfahl lehnte, hörte ich hastige Schritte hinter mir. Jetzt war ich dran. Stand nicht in der Bibel, dass es bei Familienfehden gang und gäbe war, den ältesten Sohn zu töten? Ich stellte mir vor, wie Mr Driver zu einem Meisterschlag ausholte – und meinen Kopf als Baseball benutzte!

„Nein, bitte nicht!", schrie ich.

„Was denn?", fragte Kim.

„Ach, du bist's", sagte ich und stieß einen Seufzer der Erleichterung aus.

„Ich musste einfach weg", erklärte Kim.

„Ich auch. Kommst du mit in die *Eistruhe*?"

„Ja. Ein bisschen Abkühlung täte mir ganz gut", sagte Kim lachend.

„Na, dann los."

Als wir das Ende unserer Straße erreichten, drangen merkwürdige Geräusche zu uns herüber. Zuerst das

113

Splittern von Glas, das Aufheulen einer Auto-Alarmanlage und Papas Stimme, die brüllte: „Na, wird's bald!" Dann ein Knall wie von einer Gasexplosion, gefolgt von einem Pfeifton mit metallischem Trommelwirbel – es klang wie ein Kuhfladenregen, der auf ein Wellblechdach herunterprasselte. Weder Kim noch ich wussten, was es war, aber wir erkannten beide todsicher Pongos Geheule und Mr Drivers deftige, überraschte Flüche.

Auf dem Weg zur *Eistruhe* tauschten Kim und ich Eltern-Horrorgeschichten aus.

„Mein Vater schrubbt die Fensterbänke", erzählte Kim. „Und er läuft im ganzen Haus herum und rubbelt Fingerabdrücke von den Türen."

„Trägt er auch Sandalen mit Socken?", erkundigte ich mich.

„Ja, und er geht jeden Tag zur selben Zeit aufs Klo. Gleich nach dem Frühstück. Mit einer Zeitung und viel Gehuste, damit jeder weiß, dass das Bad besetzt ist. Ich glaube, im Büro kann er nicht. Da sind ihm zu viele Leute."

„Meiner ist genauso", prustete ich. „Und meine Mutter singt beim Kochen so laut, dass die ganze Nachbarschaft sie hört."

„Stimmt", bestätigte Kim. „Sie singt immer Songs von Dolly Parton oder Cliff Richard."

„Was anderes kennt sie nicht", sagte ich. „Ich habe versucht, ihr mal was Neues beizubringen, und einen Crash-Kursus in moderner Musik abgehalten, aber sie kann *Oase* nicht ausstehen und *Red Hot Chili con Carne* auch nicht."

„Du meinst die *Red Hot Chili Peppers*", verbesserte Kim.

„Ja, die natürlich auch", sagte ich und verfluchte meine Blödheit. Eigentlich wusste ich doch, dass diese Gruppe *Chili Peppers* hieß – es war mir nur kurzfristig entfallen.

„Und die andere Gruppe heißt *Oasis,* nicht *Oase*", fügte Kim mit breitem Grinsen hinzu. Es wurde Zeit, das Thema zu wechseln.

„Ich bin noch nie in einer Disko gewesen", sagte ich.

„Da gibt's nur eine Sache, die man wissen muss", meinte Kim. „Leg dich nie mit einem Türsteher an. Die sind immer stärker als du!"

„Ja, stimmt, auf gar keinen Fall", sagte ich. „Was ist denn ein Türsteher?"

Ich erfuhr es, als ich an dem Bären im Pinguinanzug vorbeiwollte, um die *Eistruhe* zu betreten.

„Ja, wo willst du denn hin?", knurrte er, packte mich hinten am T-Shirt und hob mich in die Luft.

„Zu Bosie", sagte ich. „Wir sind verabredet." Der Bär lachte.

„Ist das dieses leckere Teil mit dem Wackelgang und diesen Möpsen?" Sein Kollege brach vor lauter Heiterkeit in ein explosionsartiges Schnaufen aus, wie ein Schwein, das außer Atem war.

„Sie ist meine Freundin!" Ich versuchte, beleidigt zu klingen, als ob ich sagen wollte: Besser, du nimmst es zurück, oder ich mach dich platt! Aber meine Stimme klang mehr wie das Fiepen einer Haselmaus zwischen den Zähnen eines geifernden Katers. Sehr viel Angst schien der Türsteher jedenfalls nicht vor mir zu haben. Er tätschelte mir den Kopf und schubste mich mit solcher Wucht in die Drehtür, dass sie mich mindestens dreimal im Kreis herumschleuderte, bevor sie mich schließlich ins Foyer spuckte. Als ich versuchte aufzustehen, knickten mir die Beine ein.

„Bist du so weit?", fragte Kim und half mir auf.

„Weiter geht's nicht", sagte ich, schüttelte meine Haare und zog sie nach vorn, um meinen Pickel zu bedecken. „Los, rein ins Getümmel!"

Kim zog ab, um mit irgendwelchen wildfremden Leuten zu tanzen. An jedem anderen Abend hätte ich natürlich dasselbe getan – immerhin waren ungefähr fünf Millionen Mädchen da, die einsam auf der Tanzfläche herumwirbelten, in kurzen Röcken, die ihre Hintern wie kleine Pflaster bedeckten. Aber ich wollte treu auf Bosie warten. Also blieb ich eine halbe Stunde auf dem Balkon stehen und suchte die Sex-Party nach meiner Angebeteten ab. Ich fing gerade an, mich unwohl zu fühlen, als ich Bosie entdeckte. Sie tanzte mit einem Langweiler mit kurzen schwarzen Haaren und Ziegenbärtchen. Ich sah sofort, dass es ihr keinen großen Spaß machte, denn sie hatte ihre Hand in seinem Nackenhaar, damit sie ihn am Kopf schnell nach hinten reißen konnte, falls er zu aufdringlich wurde. Sie warf mir an seinem Ohr vorbei einen Blick zu, und ich winkte – ein verstohlenes Winken, ein unmerkliches Zucken meiner Finger, um ihr zu zeigen, dass ich bereit war und auf sie wartete. Na ja, es sollte schließlich nicht so ein Winken mit wackelndem Oberkörper sein wie das einer Mutter, die ihr Kind nach der Klassenfahrt vom Bus abholt. Das wäre übertrieben gewesen.

Nach vier weiteren Tänzen mit diesem Typen – der sie wirklich zu Tode langweilen musste, denn sie war praktisch auf seiner Schulter eingeschlafen – kam sie herüber und wickelte sich dekorativ um die Säule, neben der ich stand.

„Da bist du ja!", sagte sie, dass sich mir die Nackenhaare sträubten.

„Ja", murmelte ich. „Du ja auch!"

„Ja." Das lief doch prächtig, nun unterhielten wir uns schon. „Du siehst toll aus", sagte ich in der Hoffnung, sie würde mein Kompliment erwidern, aber sie blickte zur Tanzfläche hinüber. Offenbar hatte sie mich nicht verstanden, weil die Musik zu laut war. „Möchtest du was trinken?"

Wir gingen hinüber zur Theke, und ich bestellte eine Cola für sie und ein Bier für mich. Ich wollte es nicht wirklich trinken, sondern mich einfach nur an der Flasche festhalten, damit es cool aussah. Das Bezahlen war leicht peinlich, denn ich hatte nur ein bisschen Kleingeld, und während ich den Betrag in meiner Hand abzählte, stieß so ein breiter Typ mit Lederjacke gegen meinen Arm, und das ganze Geld fiel runter. Ich sammelte alles wieder auf, entschuldigte mich bei der langen Schlange hinter mir und stellte fest, dass Bosie inzwischen schon wieder an der Tanzfläche stand. „Deine Cola", sagte ich und stellte mich neben sie. Ein bedeutsames Schweigen lag zwischen uns, während sie an ihrem Glas nippte. Bosie hatte meinen Pickel noch kein einziges Mal erwähnt, stellte ich fest. Es bestand also noch Grund zur Hoffnung.

„Bosie", flüsterte ich verführerisch, „dein Vater muss ein Dieb sein – er hat die Sterne vom Himmel gestohlen und sie dir in die Augen gelegt!"

„Mein was?", sagte sie und hob die Hand ans Ohr. „Ich versteh dich nicht!"

„Ich sagte, dein Vater muss ... Ach, vergiss es." Mein Kampf gegen die Musik war aussichtslos. Ich beschränkte mich lieber darauf, Bosie anzulächeln.

„Lachst du mich aus?", fragte sie.

„Nein, ich bin glücklich", erklärte ich. „Schön hier. Es gefällt mir. Du und ich."

„Was?"

„Wir." Ich wagte kaum, es auszusprechen, vor lauter Angst, sie könnte anderer Meinung sein. „Wir, bei unserer ersten Verabredung ... Darf ich dich nach Hause bringen?"

„Was, jetzt?"

„Nein, nachher", sagte ich und ließ meine Muskeln spielen, als Beweis dafür, dass ich alles dabeihatte, um Straßenräuber abzuwehren.

„Ich schlaf heut Nacht bei Susan", sagte sie.

„Ah, verstehe." Ich versuchte, mir meine Enttäuschung nicht anmerken zu lassen. „Cool!"

„Magst du Partys?", fragte sie aus heiterem Himmel.

„Partys?" Whow, das war ja heftig. Wir konnten mittendrin einfach so das Thema wechseln. Mal über dies reden, mal über das. Wir betrieben richtige Konversation! „Ich bin die totale Partymaschine", legte ich los. „Ich bin geboren für Partys. Partys und ich, wir gehören zusammen wie ..." – hätte ich doch bloß nicht damit angefangen, jetzt fiel mir nichts mehr ein – „... wie Käse und Füße."

„Gut", sagte sie. „Ich geb nämlich 'nen Rave."

„Einen Rave!"

„Am nächsten Samstag."

„Einen Rave!" Ich konnte es kaum glauben. Das war ja megacool! So was mit Drogen und Drinks und heißen Würstchen und allem!

„Wo denn?"

„In unserem Wohnzimmer", sagte sie. „Montpelier Crescent Nummer 12. Meine Eltern gehen zu einem Fest und kommen erst spät nach Hause."

„Macht ihnen das denn gar nichts aus?", keuchte ich und stellte mir vor, wie meine Eltern durchdrehen würden.

„Es macht ihnen nichts aus, weil sie gar nichts davon wissen", sagte Bosie. „Aber selbst wenn sie's wüssten ... Das wäre auch kein Problem. Sie sind sehr tolerant ... wenn's nicht ans Eingemachte geht, logisch."

„Logisch." Ich nickte weise, aber auf meiner Stirn stand ein dickes, großes Fragezeichen. „Hört sich toll an. Ich wünschte, ich könnte meine Eltern gegen deine eintauschen."

„Was ist, kommst du?"

Der Moment für meine große Frage war gekommen, das spürte ich. „Lädst du mich als deinen Freund ein?", erkundigte ich mich mutig.

„Wieso fragst du?", brüllte sie.

„Damit ich's allen erzählen kann", sagte ich aufgeregt und grinste sie munter an. „Ich will dich ja nicht bedrängen. Wenn du's lieber geheim halten willst, ist es auch okay. Aber ich glaube einfach, dass es die Leute interessiert. Außerdem könnten sie uns dann gratulieren und Geschenke überreichen."

„Geschenke kriegt man nur, wenn man heiratet", sagte Bosie.

„Hu!", erwiderte ich. „Du bist wohl eine von der ganz schnellen Sorte!" Ich lachte wie ein Typ, der keinen Gedanken an die Ehe verschwendet, aber in Wirklichkeit hatte ich mir schon das Hirn zermartert, was ich bloß tun sollte, wenn es so weit käme, dass ich ihr einen Antrag machte. Ich meine, es würde doch voll lächerlich aussehen, auf ein Knie niederzusinken und um ihre Hand anzuhalten. Und was wäre, wenn ich den Ring verlieren würde? Und wenn sie mich bitten würde, Regale aufzuhängen? Und wenn sie meinen Heiratsantrag annahm, würde sie Vorhänge haben wollen und ein Wochenende in Paris. Wo sollte ich mit vierzehn so viel Kohle herkriegen? Zeitungen austragen? Wach auf, Casanova!

So ein Bund fürs Leben war echt eine Riesenaktion, und ich hatte nicht gerade das Gefühl, mich drum zu reißen.

„Also, eins will ich mal klarstellen", sagte Bosie. „Ich meine, wir sind doch beide erwachsene Menschen."

„Ja, absolut", sagte ich verlegen. „Ich hab mich schon elfmal rasiert", fügte ich hinzu, um sie über meine Männlichkeit zu informieren, doch es schien sie nicht besonders zu beeindrucken.

„Ich hab aber noch keine Lust, Kinder zu kriegen."

„Ich ja auch nicht", erwiderte ich nervös und betete, dass sie es sich nicht plötzlich wieder anders überlegte, wenn sie merkte, wie unerfahren ich war.

„Also lass uns sagen, es ist bloß eine kleine Affäre!"

„Okey dokey!" Ich grinste sie an. „Ist ein Kuss erlaubt?"

„Heb ihn für die Party auf", sagte sie und wich mir aus, als ich mich vorsichtig vorbeugte. Es gelang mir ganz gut, so zu tun, als hätte ich nur so getan. „Komm, lass uns tanzen!"

Was nun folgte, waren die glücklichsten drei Minuten meines Lebens. Auf die Musik konnte man nicht so eng tanzen, dazu war sie zu laut und zu schnell. Aber ich versuchte immer wieder, Bosie zu berühren, indem ich mich vorbeugte und so tat, als könne ich sie nicht verstehen. Dadurch war mein Ohr nur wenige Zentimeter von ihren Lippen entfernt.

Ich schaffte eine ganze Menge Schulterreiberei und streifte Bosie öfters mit den Fingerspitzen. Einmal gelang es mir sogar fast, mich mit der Hand quer über ihren Rücken vorzuarbeiten, um die weiche, wulstige Stelle unter ihrem Arm zu fühlen. Aber aus Versehen berührte ich unterwegs ihren BH und musste schleunigst die Hand wegziehen, damit Bosie nicht dachte, dass ich ein Wüstling sei und versuchte, sie auszuziehen. Trotzdem war es irre aufregend, das krakenarmige, elastische Ding zu berühren. Und ihr strähniges, verschwitztes Haar, das wie nasses Seegras an ihren Schultern hing, duftete nach muffigen Umkleidekabinen und billigem Parfum – absolut antörnend.

Nach dem Tanz verschwand Bosie und tauchte nicht wieder auf. Ich kam mir ein bisschen wie ein ausgesetztes Baby vor. Ein paar Minuten stand ich in der Gegend herum und streichelte meine Bierflasche, bis mir so langweilig wurde, dass ich beschloss, einen Schluck zu trinken. Ich zuckte zusammen, als mir die warme Brühe in den Mund schwappte. Sie schmeckte komisch, wie saurer Apfelsaft. Ginger hatte mir erzählt, dass Bier immer besser schmeckte, je mehr man davon trank. Also leerte ich die Flasche in einem Zug und und ging zurück zur Theke.

„Dasselbe noch mal, Meister!", rief ich. Kein Bitte, kein Danke, einfach nur „Dasselbe noch mal, Meister!" Als ob ich seit Ewigkeiten Bier trank und mich genau damit auskannte.

Während der Barkeeper sich um meine Bestellung kümmerte, riss mich ein schwungvoller Tritt in die Nieren zu Boden. Er kam von Darren, der wie wild in der Gegend herumhampelte, um Sharon mit seinem abgefahrenen Tanzstil zu beeindrucken.

„Sorry, Alter", sagte er. „Ich hab gar nicht gesehen,

dass du da rumstehst wie so'n toter Baum. Hast du denn niemanden zum Tanzen?"

„Ich hab gerade erst mit Bosie getanzt!", versetzte ich, um ihm eine Lehre zu erteilen.

„Sie fühlt sich wohl verpflichtet, auch mal mit dir zu tanzen, was?"

„Jedenfalls hat sie dabei eine ganze Menge von mir gefühlt", erwiderte ich. „Wir hatten Körperkontakt!"

„Echt?", fragte Darren. „Glaubst du, sie will was von dir?"

„Ich weiß es sogar", erwiderte ich frostig.

„Na, dann zieh mal los und polier dem Typen da die Fresse!" Darren deutete auf die Tanzfläche, wo ein Pärchen sich derart heftig ineinander verkeilt hatte, dass man unmöglich sagen konnte, welches Körperteil zu wem gehörte. Es waren Bosie und irgend so ein farbiger Typ mit Rastalocken.

„Nein. Das ist ihr Bruder", sagte ich und legte die Spitzenleistung hin, mir meine Eifersucht nicht anmerken zu lassen. „Deshalb mache ich mir keine Sorgen, denn sie hat mich zu ihrem Rave bei sich zu Hause eingeladen!"

„Das wissen wir", sagte Sharon und drückte Darren in aller Öffentlichkeit einen nassen Kuss auf seinen neuen Zungenstecker. „Sie hat jeden aus unserem Jahrgang eingeladen. Wir gehen alle zusammen hin, stimmt's Darren?" Aber der Kuss auf den Zungenstecker hatte bei Darren heftige Schmerzen ausgelöst.

„Das tut sauweh!", heulte er. Sie nahm ihn an die Hand

und zog ihn zur Theke, um nach Eiswürfeln zu fragen. „Das is bestimmt entzündet!"

Ich hasste Darren und Sharon. Sie waren bloß zwei Wichtigtuer, die nie kapieren würden, was wahre Liebe ist – selbst wenn man ihnen in den Brustkorb griff und ihre Herzen rausriss. Bei ihnen war alles nur Show. Bedauernswert.

Ehrlich gesagt, in den nächsten fünfzehn Minuten fühlte ich mich leicht gekränkt. Ich sah, wie Bosie mit einer ganzen Reihe von Männern tanzte, die alle älter wirkten als ich. Ich verabscheute diese Typen, und trotzdem wollte ich genauso sein wie sie. Sie wussten einfach instinktiv, was sie wollten. Ich meine, offensichtlich hatten sie ein Auge auf Bosie geworfen, waren einfach zu ihr hingegangen und hatten damit Erfolg. Ich dagegen konnte ihr nicht mal guten Tag sagen, ohne dabei rot zu werden. Ich musste irgendetwas Abgefahrenes tun, um ihre Aufmerksamkeit zu erregen, aber bevor ich darüber nachdenken konnte, betraten die *Springenden Erdbeeren* die Bühne, und ich verlor Bosie im Gedränge aus den Augen. Sämtliche Mädchen schwärmten nach vorne, um mit diesem Gekreische anzufangen und dem Sänger ihre Schlüpfer zuzuwerfen.

Der schwere Schlag, der mich getroffen hatte, wurde durch mein zweites Bier entschieden abgemildert. Mir schwirrte schon vom ersten Bier ein bisschen der Kopf, also kippte ich das zweite einfach runter, ohne nachzudenken. Nach der Hälfte fing ich an zu würgen. Tränen liefen mir übers Gesicht, während die warme Brühe mir den Hals hinunterschwappte und meinen mitgenommenen Magen zum Überkochen brachte. Ich ließ die leere Flasche mit Schwung sinken und verfehlte den Tresen. In weiter Ferne hörte ich das krachende Splittern von Glas. Der ganze Raum war wie in Nebel getaucht. Ich hatte Schwierigkeiten, richtig scharf zu sehen. Mein einziger Gedanke war, dass ich Bosie zeigen musste, was ich für sie empfand. Und da, wie eine Antwort auf meine Gebete, gab mir der Liebesgott Cupido einen genialen Plan ein.

Die *Springenden Erdbeeren* zogen die Mädchen an wie ein Honigtopf die Wespen. Also war es logisch, dass Bosie es hören würde, wenn ich die Band dazu brachte, ihr meine Liebesbotschaft auszurichten. Die Gruppe hatte voll vom Leder gezogen, seit sie auf der Bühne war. Deswegen würde es ihnen bestimmt nichts ausmachen, zum Schluss auch mal was Langsames zu bringen, etwas Melodischeres, wo man auch vom Text was mitbekam. So was Romantisches wie eine Ballade. Etwas, das Bosies Herz zum Schmelzen bringen würde. Eine musikalische Pralinenschachtel. Ich schlich mich zum Bühnenrand und wippte ein bisschen mit. Dabei wartete ich auf das Ende des Songs, der „In meiner Hose klebt ein Steak" hieß oder so ähnlich. Ganz genau konnte man es nicht verstehen.

Als der letzte Knaller-Akkord verklang und die Mädchen vor Begeisterung ausrasteten, zupfte ich den Sänger am Hosenbein – einen ganz passabel aussehenden Typen mit blond gefärbter Tolle und einem Ring in der

Augenbraue, der die Größe einer Papageienschaukel hatte.

„Kann man sich auch was wünschen?", fragte ich und blinzelte heftig, damit das Schwindelgefühl aufhörte.

„Nein", sagte er und machte den Rest der Band auf mich aufmerksam, als wäre ich so was wie ein Außerirdischer.

„Es ist nämlich wichtig, dass meine Freundin weiß, wie sehr ich sie liebe, und ich dachte, wenn ihr vielleicht ein Liebeslied oder so was spielt und ihr den Song widmet, dann findet sie mich vielleicht richtig toll."

„Schwirr ab", sagte der Sänger. Aber irgendwie dachte ich, dass es nicht ernst gemeint war.

„Danke!" Ich grinste ihn an, sprang neben ihn auf die Bühne und schnappte mir das Mikrofon in seiner Hand. „Der nächste Song", verkündete ich, „ist dem Mädchen gewidmet, das ich liebe." Der Sänger versuchte, mir das Mikro wieder abzunehmen. „Lass das", protestierte ich, „ich hab doch noch gar nicht gesagt, wer sie ist!" Von unten drangen Buhrufe und lautes Gezische zu mir herauf, aber das machte mir gar nichts aus – ich war echt in Fahrt. „Sie heißt Bosie!", brüllte ich – da schubste mich der Sänger von hinten über den Bühnenrand. „Juhuuu! Ein Bad in der Menge!", schrie ich und flog über die Köpfe der Mädchen in der ersten Reihe direkt in die Arme von drei glatzköpfigen Schlägertypen in Lederjacken. „Danke! Guuut gefangen!", rief ich. Sie ließen mich auf den Kopf fallen. Ich richtete mich mühsam auf und spürte deutlich, dass ich irgendetwas falsch gemacht hatte. Der Sänger bat zischend um Ruhe, die Menge verstummte nach und nach, und plötzlich fühlte ich mich unangenehm bloßgestellt.

„Dieser Song ist für den Spinner", sagte er aggressiv, gab dem Drummer das Zeichen zum Einsatz, und dann spielten die *Springenden Erdbeeren* einen Song mit dem Titel „Anorak-Boy". Der Text ging ungefähr so:

Anorak-Boy, oh, Anorak-Boy,
er ist ein alter Depp,
und sein Anorak ist neu.
Er lebt bei seiner Mama,
und er sitzt noch auf dem Topf,
hat Pickel am Hintern
und Pickel am Kopf.
Er ist ein
Anorak-Boy,
ein Anorak-Boy,
so ein richtiger Depp,
so ein Typ ohne Pepp.

Es kam mir vor, als ob der Song Stunden dauerte. Zum Schluss richteten sie einen Scheinwerfer auf mich, und die Menge durfte auf meine Kosten vor Lachen kreischen.

Vor lauter Scham war ich wie gelähmt. Dann geriet plötzlich alles außer Kontrolle. Ich weiß noch, dass ich umfiel und dass die Türsteher mich an den Füßen wegschleiften. Ich weiß noch, dass sich mein Mund mit Wasser füllte und Kim sagte: „Alles in Ordnung? Du bist ja ganz grau im Gesicht!"

Und ich weiß noch, wie ich antwortete: „Mia is ürgnwie übel. Jemann hadd mia was ins Bier geddaan!" Dann begann sich alles zu drehen. Die Disko wirbelte um mich herum, so als wäre ich in der Jahrmarkt-Todestonne mit Handschellen an die Wand gekettet. Der Türsteher zog mich Richtung Ausgang. Ich schluckte so fest ich konnte, um nicht loszukotzen, aber die Todestonne hatte sich inzwischen in eine durchgedrehte Wäscheschleuder verwandelt, und ich begann zu hecheln wie ein Hund mit Hitzschlag. Mir war speiübel. Mein Magen krampfte sich zusammen. Ich sagte dem Türsteher, dass ich dringend einen Kotzeimer brauchte, aber er glaubte mir nicht und zerrte mich weiter durchs Foyer. Ich befreite mich aus seiner Umklammerung und drängelte mich, eine Hand auf den Mund gepresst und „'tschulligung!" schreiend, an den anderen Gästen vorbei. Taumelnd stolperte ich auf die Straße und versuchte, den Mülleimer am Bordstein zu erreichen, bevor mein Magen explodierte! Ich schaffte es nicht. Mein Bauch wurde plötzlich zusammengequetscht wie im Würgegriff einer Anakonda, und beide Biere schossen als farbenfrohe Fontäne heraus, die klatsch-platsch! auf den DocMartens des Türstehers landete. Irgendwo weit entfernt kreischte ein Mädchen – dann wurde es totenstill. Mit warmen Kotzbrocken im Mund murmelte ich eine Entschuldigung und kippte um wie eine Leiche.

Ich glaube, Kim Driver half mir vom Bürgersteig auf,

denn als ich wieder zu mir kam, erkannte ich Kims Gesicht.

„Du siehst voll fertig aus!"

„Isch habb Bosie blamiiierd", blubberte ich. „Isch brinn misch um!"

„Red keinen Quatsch", sagte Kim. „Sich umzubringen tut erheblich mehr weh, als sich zum Deppen zu machen." Was natürlich stimmte – aber es war doch wohl noch erlaubt, sich ein bisschen in Selbstmitleid zu suhlen, oder?

Bis ich zu Hause ankam, hatte ich mir das endgültige Ende schon wieder aus dem Kopf geschlagen. Selbstmord, das war das Allerletzte – so weit war ich noch nicht. Ich war erst beim Allervorletzten.

Zwei Seiten einer Wolke

Ein bisschen weniger gefrustet, aber immer noch wackelig auf den Beinen, erreichte ich unser Haus. Dort herrschte das totale Chaos. Die Jungpolizisten waren wieder da, und Papa und Mr Driver wurden gerade verhaftet. Mr Drivers Wagen hatte die Farbe gewechselt. Den glänzenden Mantel aus Silbermetallic bedeckten Flecken aus grünbrauner Brühe, die vom Dach heruntertropfte und stank wie ein ganzes Klärwerk. Bei Papas Lada steckte ein Baseballschläger in der Windschutzscheibe. Mama und Mrs Driver halfen Pongo in einen Krankenwagen des Tierschutzvereins. Er sah völlig erledigt aus, wie durch eine gigantische Wäschemangel gezogen, die alles Leben aus ihm herausgepresst hatte.

„Alls in Ooornung?", rief ich, torkelte zu Mama hinüber und gab mir die größte Mühe, nicht besoffen zu klingen.

„Was 's bassierd?"

„Vielen Dank für Ihre Hilfe", sagte Mama zu Mrs Driver.

„Der arme alte Knabe", sagte Mrs Driver und tätschelte Pongo den Kopf. „Ich ertrage es nicht, wenn man grausam mit Tieren umgeht."

„Was 's bassierd, Mama?", brüllte ich, aber sie redete einfach weiter.

„Bis dann, Mrs ..."

„Ich heiße Fanny", sagte Mrs Driver.

„Bis dann, Fanny", sagte Mama. „Und danke noch mal."

„Was 's bassierd?", brüllte ich zum dritten Mal, während Mrs Driver im Nachbarhaus verschwand und der Streifenwagen die Einfahrt hinunter auf die Straße rollte.

„Dein Vater hat etwas sehr Dummes angestellt, Rübchen. Er hat Pongo auf Mr Drivers Wagen explodieren lassen. Pongo musste sich furchtbar quälen!"

„Er wird doch nisch stääärm, oder?", jammerte ich und brach in Tränen aus.

„Nein, er muss nur noch mal neu genäht werden, an den Stellen, wo seine Eingeweide gerissen sind. Es war wirklich eine Explosion, sogar für Pongos Verhältnisse."

„Kann ich jetzt rauskommen?", ertönte eine leise Stimme aus dem Gartenschuppen.

„Ja, Nan. Wir werden nicht mehr bombardiert", sagte Mama. „Die Arme hat gedacht, wir hätten Fliegeralarm!", flüsterte sie mir ins Ohr.

„Du nimmssass alls ja ganz schön leichd", lallte ich, während sie mir die Treppe zur Haustür hinaufhalf.

„Tja Rübchen, jede dunkle Wolke hat auch ihre Sonnenseite", sagte sie und grinste. „Ich hab nämlich Papas Brieftasche stibitzt, als sie ihn verhafteten!"

Das schallmauerdurchbrechende Klappern von Mamas Töpfen weckte mich am nächsten Morgen auf. Ein paar süße Sekunden lang waren meine Gedanken ganz bei Bosie, aber dann fiel mir wieder ein, was ich am Abend zuvor getan hatte. Der Schrecken kehrte mit voller Wucht zurück und ließ meinen Magen absacken wie einen Fahrstuhl mit Kabelriss. Mein Mund war so trocken wie ein Fisch im Sandsturm, und der Geschmack erinnerte mich an klumpige, staubige Katzenstreu. Mama dagegen war quietschfidel und munter. Sergeant Sweety hatte vom Revier aus angerufen und ihr mitgeteilt, dass sie Papa gegen eine Kaution freiließen. Ob sie nicht kommen wolle, um ihn abzuholen. Ich konnte es nicht fassen, aber meine Mutter hatte geantwortet: „Ich komm nachher vorbei, Sergeant Sweety, wenn ich alles erledigt habe. Lassen Sie ihn doch bis dahin in der Zelle, aber servieren Sie ihm kein Frühstück!" Dann ging sie mit Papas Brieftasche ins Kaufhaus, kam mit einem Turbobräuner zurück und hob ihn über den Gartenzaun, um ihn ihrer neuen Freundin Fanny Driver vorzuführen.

„Diese beiden Trottel!" Mrs Driver lachte.

„Die Nacht im Knast wird ihnen eine Lehre sein", sagte Mama. „Wenn die Welt ein Paradies wäre, Fanny, hätte ich mir lieber eine Schönheitsoperation geleistet."

„Wer wünscht sich das nicht, Babs? Das ist doch das einzige Vergnügen, das wir Frauen heute noch haben: uns aufschneiden und wieder zusammennähen zu lassen."

„Aber in seiner Brieftasche steckten nur zwei Hunderter, Fanny."

„Trotzdem, der Turbobräuner ist doch toll, Babs."

„Wenn du magst, leih ich ihn dir später mal aus, Fanny."

„Das ist nichts für mich, Babs. Ich krieg so leicht Flecken auf der Haut."

„Dann lieber nicht, Fanny", sagte Mama. Die beiden mochten sich offensichtlich – es war deutlich daran zu merken, dass sie sich pausenlos bei ihren Vornamen nannten.

Als Mama am Nachmittag mit Papa vom Revier kam, war er ein anderer Mensch. Er wirkte fix und fertig. Die Frauen bestanden darauf, dass ihre Männer sich die Hand gaben, ehe jeder durch seine Tür hineinschlich.

Eine friedliche Stille senkte sich über unsere zwei Häuser. Ich vermutete, dass Papa unter einer wirkungsvollen Mischung aus Scham und Schuldgefühlen litt, denn als Mama ihm den Turbobräuner zeigte, lobte er ihn und fragte, ob sie nicht ein paar Fettabsaug-Geschenkgutscheine zum Geburtstag haben wolle. Mama lehnte mit einem Kuss ab und meinte, er habe schon genug getan, und Papa entschuldigte sich schon wieder, mindestens zum siebzigsten Mal in der vergangenen Stunde.

„Aber ich sag dir, was ich stattdessen möchte", fügte Mama hinzu, um den günstigen Augenblick zu nutzen, in dem Papa noch höchst verletzlich war. Ich konnte es ihr nicht verdenken. „Ein kleines Schwarzes hätt ich gern, ein schickes Kleid für ein romantisches Dinner zu zweit am Freitag bei *Gino*, wenn die Busuki-Band spielt ... und dazu eine große Flasche Campari."

Als sich Papa mit einem demutsvollen Nicken einverstanden erklärte und schluchzend wie ein Baby in Mamas Armen lag, wünschte ich mir, mein Leben könnte genau-

so einfach sein. Ich wünschte, Bosie könnte mir verzei-
hen, wenn ich ihr eine Flasche Campari schenkte. Aber
das ist wohl der Unterschied zwischen Ehen und kleinen
Affären. Die Ehe ist ein Langzeitvertrag. Das zwischen
Bosie und mir dagegen würde immer nur so gut sein wie
unsere letzte heftige Fummelei ... Und dabei hatten wir
noch kein einziges Mal gefummelt!

Menschen ändern sich

Menschen ändern sich für andre,
und andre ändern sich für sie.
Doch wann ist jemand ganz er selbst?
Am Ende vielleicht nie?

*(Johnny Casanova – bestimmt das Tiefsinnigste, was ich je
geschrieben habe)*

Bosie redet Klartext

Der Montagmorgen legte sich auf mein Gemüt wie der drohende Schatten einer Guillotine. Ich hatte furchtbare Angst davor, Bosie wieder zu sehen. Ginger und ich radelten zusammen zur Schule, aber vor lauter Schwermut war mir nicht nach Reden. Mir blutete das Herz, weil ich die beste Chance meines Lebens verpasst hatte, einen Kuss zu ergattern. Ginger verhielt sich wie ein echter Kumpel und sprach ebenfalls kein Wort. Er boxte mich nicht mal, was ich ihm echt hoch anrechnete.

Aber kurz vor einer Kreuzung schrie er plötzlich: „Pass auf!" Eine Gestalt war vom Bürgersteig gesprungen und stand genau auf unserer Spur. Ich ging in die Eisen, holperte den Bordstein hinauf und kam in einer ziemlich kratzigen Ligusterhecke zum Stehen. Ginger lag auf der Kühlerhaube eines parkenden Jaguars, die silberne Emily zwischen den Beinen.

„Entschuldigung", sagte die Unfallursache. „Ich wollte nur mal kurz mit Johnny reden."

„Debra!", schrie ich. „Du tickst wohl nicht ganz richtig! Wir hätten tot sein können!"

„De-BO-rah heiße ich", sagte sie. „Ich wollte dich wieder sehen, Johnny. Ich muss dir nämlich was zeigen." Es war Deborah Smeeton, die kleine Miss Metallmund, das Mädchen mit der festgeschraubten Gitterspange, die Kuss-Fanatikerin, die mir das Leben zur Hölle gemacht hatte, solange sie auf meiner Schule gewesen war. Sie kam auf mich zugeschlichen – ihre fetten Schenkel in der dicken, gerippten Strumpfhose rieben knirschend aneinander.

„Ich hab wirklich keine Zeit für so was", sagte ich voller Panik und pulte mir einen Zweig aus dem Ohr.

„Letzten Freitag haben sie mir meine neue Spange angepasst", fuhr sie sabbernd fort und riss den Mund auf. „Guck mal, die ist nicht mehr festgeschraubt. Ich kann sie rausnehmen oder reintun, wann ich will." Sie machte sich sofort daran, es vorzuführen, riss sich die Spange heraus und hielt sie mir unter die Nase. „Diesmal ist ein fleischfarbener Plastikgaumen dran", erklärte sie lachend, während ihr die Spuckefäden zwischen den Fingern heruntertropften. „Und der soll sich wie echt anfühlen!" Sie stopfte die Spange zurück in ihren Mund und leckte sich anzüglich die Lippen. „Sollen wir's nicht mal ausprobieren?"

„Da bist du bei mir an der falschen Adresse!", schrie ich. „Schwirr ab!"

Aber Deborah ließ sich nicht so schnell entmutigen, dazu hatte sie ihren Überraschungsangriff viel zu lange vorbereitet. Sie stürzte sich auf mich und presste ihre Lippen auf meine. Ich kniff den Mund zu, damit sie nicht eindringen konnte, aber sie saugte ihn auf und rammte mir ihre Zunge rein. Es war widerlich, wie der Kuss einer schleimigen Nacktschnecke, wie ein muskelbepackter Wurm, der sich um meinen Kehldeckel schlang. Ich rang nach Luft. Ich erstickte! Verzweifelt schoss meine Zunge nach vorn, stieß an Deborahs Gaumen und blieb am Drahtgestell ihrer Spange hängen. Meine Zunge klemmte zwischen Draht und Kunststoffplatte, festgenagelt wie eine Maus in der Mausefalle!

Als ich unsere Lippen voneinander losschraubte, löste sich die Spange gleich mit. Wie ein Kaugummiklumpen quoll sie aus Debras Mund hervor und hing mir nun an der Zungenspitze wie eine tropfende rote Krabbe.

„Ich kotze gleich!", schrie ich. „Mach das Ding ab!" Der Schmerz war die Hölle. Meine Zunge war ganz blass geworden. Der Draht hatte sich durch den Muskel gebohrt, und ich schmeckte Blut. „Debra, tu doch was!", keuchte ich mit erstickter Stimme.

„De-BO-rah heiße ich", hauchte sie, fast ohnmächtig vor lauter Glück.

Ich drehte mich nach Ginger um und schrie um Hilfe.

„Alter, da brauchst du ja eine Kneifzange, um die wieder abzukriegen", sagte er und grinste frech. Dann sausten wir auf unseren Rädern davon, schneller als zwei Geparden mit Rückenwind.

Das Leben hält immer wieder unangenehme Überraschungen bereit

Ich träume seit Jahren vom Küssen,
von Lippen, so weich und so nass,
von Zungen auf Zack
mit Pommesgeschmack
– stattdessen passiert mir nun das:

Ich keuche, ich blute, ich triefe,
die Zunge klemmt leblos im Draht,
ich kann nicht mehr sprechen,
mir ist zum Erbrechen
durch Debras abscheuliche Tat.

Träum ich vergebens von Liebe?
Soll das hier Glückseligkeit sein?
Finde ich sie
am Ende gar nie
und bleibe für immer allein?

(Johnny Casanova – der einsieht, dass das Leben eine grausame Herrin mit Sporenstiefeln ist)

Bosie zeigte mir die kalte Schulter, wie ich es befürchtet hatte. Ich beschloss, dass Angriff die beste Verteidigung war, und versuchte den ganzen Tag, mich wieder bei ihr einzuschmeicheln. Aber sie ließ mich jedes Mal abblitzen.

Ginger hatte sich netterweise einen Klammerentferner aus dem Sekretariat geliehen, um mir die Spange aus dem Mund rauszuhebeln, und nachdem ich die ganze Französischstunde über mit einem blutigen Stück Klopapier auf der Zunge ausgeharrt hatte, pilgerte ich in der ersten Pause zur Tür von Bosies Klassenzimmer. Sie erschien Arm in Arm mit Sharon, und ich sagte ihr, ich hätte sie schrecklich vermisst. Sharon brach in Gekicher aus, und Bosie wurde genauso rot wie ihre Freundin und sagte mir, ich solle aufhören damit. „Das ist leichter gesagt als getan, Bosie", antwortete ich, „denn die Liebe endet nie! Wir stecken mitten in einer großen Liebeslawine, du und ich." Aber da begann Sharon, doppelt so laut zu kichern, und Bosie rannte weg.

In der Mittagspause folgte ich ihr durch die Kantine und versuchte, ihr in der Warteschlange romantische Blicke zuzuwerfen, aber Sharons Kopf war immer im Weg. Ich ließ mich nicht abschütteln, quetschte mich an den kleinen Unterstuflern vorbei und ließ mein Tablett gegen Bosies krachen.

„Ich wette, ich weiß, was du denkst", flüsterte ich und nahm mir die Freiheit, meine Hand über ihre Schulter zu halten. Das war eine Technik, die ich selbst entwickelt hatte und mit der ich Bosie spüren konnte, ohne sie wirklich anzufassen. So ähnlich, wie wenn man seine Hände über einem Lagerfeuer aus drei kleinen Holzscheiten wärmt. Bei einer richtigen Berührung hätte ich mir die Finger verbrannt.

„Ich wette, du weißt nicht, was ich denke", erwiderte sie und warf Sharon einen kurzen Blick zu. Ich nahm ihre Herausforderung an wie ein Meistergedankenleser.

„Ich wette, dass du denkst: *Was denkt er wohl gerade?* Denn das habe ich auch gedacht: *Was denkt sie wohl gerade?* Und ich wette, dass wir jetzt gerade beide denken: *Ich wette, wir denken beide dasselbe.*"

„Falsch, ich habe gedacht: *Nehm ich lieber Pommes oder Bohnen oder keins von beiden und stattdessen lieber den Auflauf?*", sagte Bosie. Sharons blödes Gekicher half mir auch nicht weiter.

„Oh", sagte ich. „Denkst du eigentlich *überhaupt mal* an mich?"

„Wenn du nicht in meiner Nähe bist, nie", sagte sie. „Aber ich denke an dich, wenn wir zusammen sind, weil du dann nämlich ununterbrochen redest!" Ich spürte, dass ihre harte Schale einen Sprung bekommen hatte. Ich hatte das übermächtige Bedürfnis, ihr zu sagen, wie gerührt ich war, wie sehr ich sie liebte ... Aber die Schlange mit all den neugierigen Schnüfflern war natürlich nicht der beste Ort dafür. Deswegen hauchte ich die Worte nur ganz zart seitlich aus dem Mundwinkel.

„Was hast du gesagt?", fragte Bosie.

„Ich l... d...", brummte ich unhörbar.

„Was?"

„Ich*nieme*lich", nuschelte ich lauter und riss beide Augen weit auf – dieser Ausdruck wildester Erregung würde ihr meine Botschaft deutlich machen, hoffte ich.

„Sprich bitte lauter!" Jetzt sahen schon alle zu uns herüber. „Du WAS mich?"

Ich versuchte, meine Stimme in einen flüsternden Wind zu verwandeln, der meine Worte so sanft zu ihr hinüberwehte wie Pusteblumenflaum. Aber irgendwas schien Bosie zu verärgern.

„ICH WILL WISSEN, WAS DU GESAGT HAST!", schrie sie. Augenblicklich herrschte Grabesstille im ganzen Saal. Inzwischen hätte ich meinen romantischen Zustand gut und gerne wieder vergessen, aber tausend Ohrenpaare lauschten gespannt auf meinen nächsten Satz. Schweißperlen liefen mir über die Stirn und tropften mir von der Nasenspitze herab. Ich hatte keine andere Wahl ...

„Ich liebe Dichtungsringe", sagte ich.

„Wie bitte?" Sie runzelte die Stirn.

„Ja, Dichtungsringe, Schrauben und Muttern, na eben so Technik- und Bastelkram ..." Das Klappern von Besteck und Geschirr setzte wieder ein.

„Ich nicht", sagte Bosie.

„Macht ja nichts ... Ich würde den Auflauf nehmen, wenn ich du wäre, die Pommes und die Bohnen sind schon kalt." Sie nahm Salat, aus lauter Trotz, und als ich anbot, ihr das Tablett zum Tisch zu tragen, lehnte sie ab.

Später versuchte ich, meine unsterbliche Liebe zu demonstrieren, indem ich Bosies Namen in ein Herz auf meinen Tisch malte – der Erfolg war, dass die Feder meines Füllers abbrach.

„Meinst du, es war sexistisch, den Song von den *Springenden Erdbeeren* Bosie zu widmen?", fragte ich Ginger, nachdem ich ihm die ganze scheußliche Geschichte vom Samstagabend erzählt hatte.

„Vielleicht", sagte er.

„Meinst du, dass das vielleicht das Problem sein könnte? Dass ich sexistisch bin?"

„Ja", antwortete er.

„Schreibt man Bosie mit y oder mit ie?", fragte ich.

„Mit y", sagte Ginger.

„Ich weiß nämlich nicht, wie ich es schreiben soll."

„Dann schreib es mit y, Blödmann!"

„So ein Glück", sagte ich, denn das ie hätte nicht mehr richtig in mein Herz hineingepasst. Es entstand eine kurze Pause, während ich den letzten Buchstaben in die Tischplatte ritzte. „Ich versuch ja auch, nicht sexistisch zu sein, aber es ist sauschwer, wenn man gar nicht so genau weiß, was das Wort bedeutet."

„Es bedeutet, dass du Bosie nicht wie eine Frau behandeln sollst", sagte Ginger. „Glaub ich jedenfalls."

„Was? Du meinst, ich soll ihr nicht die Tür aufhalten, ihr keine Blumen kaufen und ihr im Bus nicht meinen Platz anbieten, auch wenn sie schon im zwölften Monat schwanger ist?"

„Genau", sagte Ginger.

„Aber das tu ich doch sowieso alles nicht!"

„Dann bist du auch nicht sexistisch, oder?"

„Und wenn ich ihr die Bücher trage, die sie in der Bibliothek ausleiht?", fragte ich.

„Dann wahrscheinlich!"

Sexistisch zu sein oder nicht sexistisch zu sein war wie ein Spaziergang durch ein Minenfeld!

„He, Bosie!", schrie ich in den Korridor hinaus. „Komm her und hol dir deine Büchereibücher wieder ab!"

„Du wolltest sie doch für mich tragen!", sagte sie. Ihre Stimme klang eine Spur erstaunt.

„Aber es wäre sexistisch", sagte ich und überreichte ihr den Stapel. „Stimmt etwas nicht?" Sie wirkte ein wenig beleidigt.

„Bosie schreibt man mit ie!", antwortete sie trocken.

Ginger setzte ein teuflisches Grinsen auf. Dieses Miststück hatte es die ganze Zeit gewusst!

Kurz vor Unterrichtsschluss konnte ich die Spannung
nicht länger ertragen. Was mich so fertig machte, war die
Ungewissheit über ihre Gefühle für mich. Ich folgte ihr in
den Garderobenraum und sagte, ich würde sie nicht nach
Hause gehen lassen, bevor wir nicht miteinander geredet
hätten. Also redeten wir – sie auf der Bank sitzend und
ich über sie gebeugt, mit meinem Mund an ihrem Ohr,
sodass niemand mithören konnte.

„Es tut mir sehr, sehr Leid", sagte ich.

„Was tut dir Leid?", fragte sie.

„Na, diese Sache mit dem Song, und dass ich betrun-
ken war und so."

„Ach das", sagte sie beiläufig. „Davon hab ich gar
nichts mitgekriegt. Ich war gerade ...", sie hielt ein paar
Sekunden inne, „ich war gerade mit jemand anderem
beschäftigt."

„Du hast gar nichts davon mitgekriegt?"

„Nein."

„Also war es dir auch gar nicht peinlich?" Ich konnte
mein Glück kaum fassen. Sechsunddreißig Stunden
Angst für nichts und wieder nichts!

„Aber Sharon hat es mir später erzählt", fügte sie hinzu
und schnitt damit mein Glücksgefühl der Begnadigung in
Stücke wie mit einer Motorsäge. Ich ließ den Kopf hängen.

„Ist das der Grund, warum du mich nicht mehr
magst?", fragte ich.

„Es stimmt gar nicht, dass ich dich nicht mag, Johnny."

„Warum hast du mich dann heute den ganzen Tag übersehen?"

„Weil du die ganze Zeit die Klappe aufreißt und blödes Zeug laberst, während Sharon dabei ist."

„Sharon ist mir egal", sagte ich.

„Aber mir nicht", erwiderte sie. „Sie ist meine beste Freundin, und sie findet, dass du ein Spinner bist. Kapierst du denn nicht, wie schwierig das für mich ist? Ich kann ihr doch unmöglich sagen, dass ich anderer Meinung bin."

„Du meinst, dass du mich magst?"

„Ja. Nein. Ich meine, du bist wirklich ein Spinner, aber kein so großer Spinner wie die ganzen anderen Typen hier an der Schule. Und außerdem bringst du mich zum Lachen. Wenn du ein paar Dinge an dir ändern würdest, könnte ich dich ziemlich gern haben, glaube ich."

„Ändern?", stieß ich hervor. „Was für Dinge denn?" Bosie ließ mich neben ihr auf der Bank Platz nehmen.

„Also, wenn du mich schon fragst", sagte sie, „dann zähl ich's dir auf. Aber unterbrich mich nicht! Ich mag gut gebaute, sportliche Typen, besonders wenn sie Judo machen, weil sie mich dann im Bus beschützen können."

„Ich bin immerhin in der Schwimmmannschaft", protestierte ich und verfluchte im Stillen Ginger für seinen Kampfsporttick.

„Du hast versprochen, mich nicht zu unterbrechen", sagte sie streng. „Das ist eine wichtige Sache für mich! Zweitens: Ich habe eine Vorliebe für den neuen Mann!"

„Also, ich bin ziemlich neu", versicherte ich. „Ich bin erst vierzehn."

„Neu im Sinne von ‚modern' ", erwiderte sie ärgerlich. „Ich will einen Mann, der auch seinen Teil zu einer Beziehung beiträgt. Er soll nicht nur zärtlich und aufmerksam sein, sondern sich auch um den Haushalt kümmern und die ganze Kocherei und den Abwasch machen, ohne dass man es ihm sagen muss."

„Ist das alles?"

„Nein, außerdem muss er ein Herz für Tiere und alte Leute haben."

„Das habe ich", sagte ich. „Ganz besonders für furzende alte Hunde und durchgeknallte Omas!"

„Du unterbrichst mich ja schon wieder!"

„'tschuldigung!"

„Nett wäre auch ein intelligenter, künstlerisch begabter Mann, der Popsongs schreibt. Und du müsstest dir diese scheußlichen Haare waschen!"

„Scheußlich? Das ist ein echter Designer-Grunge-Look!"

„Und bevor wir echt irgendwann zusammen ausgehen, musst du dir erst mal den Po tätowieren lassen, als Zeichen deiner Ergebenheit."

„Tut das nicht weh?", fragte ich.

„Total", sagte Bosie. „Besonders, wenn die Nadel stumpf ist."

„Meine Fresse, du verlangst ja wirklich kaum etwas", sagte ich und schnappte nach Luft. „Das Einzige, was ich an mir ändern soll, ist komplett alles!"

„Du wirst es nicht bereuen!" Sie warf mir einen glühenden Blick zu.

„Also lass mich noch mal zusammenfassen", sagte ich. „Du willst einen Muckimann mit Butterherz, einen Popsongkönig mit dem Hirn von Einstein, einen tätowierten Typen, der sich um dich kümmert, alles mit dir teilt und für dich kocht? Und du willst, dass ich mir die Haare wasche?"

„Kommt ungefähr hin", bestätigte sie.

„Und wenn ich mich in diesen perfekten Mann verwandele, dann wirst du mich lieben?"

„Das habe ich nicht gesagt", entgegnete sie schnippisch. „Ich habe gemeint, dass du dann mein Begleiter auf meinem Rave sein darfst und vielleicht – ich sage *vielleicht* – einen Kuss kriegst!" Das klang nach einem fairen Angebot, also sagte ich Ja.

Einem ungeübten Beobachter wäre es vielleicht so vorgekommen, als ob ich derjenige gewesen wäre, der all die Opfer bringen musste, aber ich hatte ja gerade erlebt, wie Papa meiner Mutter gegenüber nachgegeben hatte – und schließlich hatte er doch einiges damit erreicht! Er stand bei ihr wieder hoch im Kurs, hatte einen Busen, an dem er sich ausweinen konnte, und weiß Gott, was er später sonst noch alles davon haben würde (wenn Sherene und ich erst mal von zu Hause ausgezogen wären). Meine Familie und unsere Nachbarn waren der lebende Beweis dafür, dass Veränderungen nur zum Besten sind. Ich hatte ein prima Geschäft gemacht. Bosie und ich waren so gut wie vereint – was ein schönes, warmes Gefühl in meiner Hose auslöste. Vielleicht war es nur Einbildung, aber als ich ein paar Minuten später in der Jungentoilette am Pinkelbecken stand, hatte ich das deutliche Gefühl, dass der Typ neben mir verstohlen auf meinen Dödel rüberschielte, um rauszufinden, was das Superbesondere an mir war!

Die totale Verwandlung

Ich brauchte eine gescheite Terminplanung. Es war Montagabend, also blieben mir noch fünf Tage bis zu Bosies Party – nur hundertzwanzig Stunden, um mich von einem faden Teenager in einen Muskelprotz mit Samthandschuhen zu verwandeln. Da musste jeder Schritt gut überlegt sein. Am Dienstag würde ich mich im Fitnessstudio trimmen, Ginger um eine Judostunde anhauen und Bosie für Freitagabend zum Essen einladen, weil Mama und Papa dann ihren romantischen Abend bei *Gino* verbringen würden. Mittwoch musste ich Pongo und Nan mit zur Schule schleppen, um mein Engagement für Haustiere und ältere Mitmenschen zu beweisen. Dann konnte ich abends noch schnell zum Jahrmarkt zischen und mich tätowieren lassen. Am Donnerstag würde ich mir die Haare waschen und einen Popsong dichten, und am Freitag musste ich schnell kochen lernen. Am Samstagmorgen blieb dann noch genug Zeit, um meinen Körper in schönen Schäumen und Träumen zu baden und mich auf eine Nacht voller Leidenschaft mit Bosie einzustimmen. Man konnte es drehen und wenden, wie man wollte: Es würde eine harte Woche werden.

Am Montagabend meldete ich mich im Fitnessstudio an und wurde von Bill, dem Trainer, gleich für Dienstag früh um sieben Uhr zu einem Fitnesstest bestellt. Leider schaffte ich es nicht weiter als bis zum Umkleideraum.

148

Der Anblick all dieser riesigen Gewichtstemmer war vernichtend. Sie trugen ganze Fleischberge mit sich herum! Dicke, glänzende Muckis wie fleischfarbene Quallen. Vor solchen Typen konnte ich mich unmöglich ausziehen. Völlig ausgeschlossen. Neben denen hätte ich ausgesehen wie eine magersüchtige Stabheuschrecke! Damit niemand Verdacht schöpfte, dass ich kneifen wollte, warf ich meine Sporttasche lässig über die Schulter und sagte für jeden gut hörbar: „Bin gleich wieder da, Jungs – hab meinen Iso-Drink und die Hormonpillen im Auto liegen lassen. Ich geh sie nur schnell holen ... Hebt mir die dicksten Eisen auf, alles klar?" Und beim Hinausgehen fügte ich hinzu: „Gewichte stemmen ist echt geil, was?" Ehrlich gesagt, ich glaube nicht, dass einer von denen merkte, dass ich mich verdrückte. Bodybuilder haben eben nichts in der Birne.

Ginger war nicht gerade hilfsbereit, als ich ihn in meinen Plan einweihte und ihm seine Rolle darin erklärte. Er fand, ich solle mich überhaupt nicht verändern, sonst würde ich so enden wie Sharon und Darren. Und bei Bosie sei wohl eine Schraube locker, wenn sie so etwas von mir verlangte. Ich sagte ihm, dass er doch bloß eifersüchtig sei, weil Bosie ein richtige Frau sei, und weil er zwei Freundinnen brauche, um an meine einzige ranzureichen.

„Die Zwillinge sind nicht meine Freundinnen", widersprach Ginger. „Das wären sie vielleicht gerne, aber sie sind es nicht!"

„Wer denn dann?", fragte ich.

„Ich weiß auch nicht", seufzte Ginger. „Im Moment seh ich den Wald vor lauter Bäumen nicht. Außer den Zwillingen gibt es noch Mandy, die Babysitterin von meinem Bruder, Tricia, Sally, Charlotte und dieses Mädchen mit dem langen Pony aus Bio, wie heißt die noch mal ... die die Frösche freigelassen hat ... Alex, genau. Dann meine Kusine Rebecca und dieses Mädchen aus der Pommesbude, von der ich nicht weiß, wie man ihren Namen ausspricht."

„Das ist ja der reine Wahnsinn!", keuchte ich.

„Nein", sagte Ginger. „Die scheinen mich bloß alle zu mögen, das ist alles."

„Das *ist* ja der reine Wahnsinn!"

„Ist es nicht. Aber immerhin beweist es, dass ich nicht neidisch auf dich bin. Außerdem interessiert mich Bernard im Moment viel mehr."

„Sieh an!", kicherte ich anzüglich.

„Wegen Judo. Durch Bernard hat mein Leben einen Sinn bekommen. Ich strebe nach Einheit!"

„Das darf doch nicht wahr sein", stöhnte ich.

„Das ist Tai Chi. Bernard sagt, dass das Streben nach Einheit zum Glück führt. Folge deiner natürlichen Neigung nach dauerhafter Ruhe und Ausgeglichenheit, sagt er. Das ist nicht verkehrt. Der Ruhelose kommt von weit her, und Unheil widerfährt dem fernen Ehemann."

„So ein Schwachsinn!", sagte ich. „Das Unheil wird über dich hereinbrechen, wenn du dir weiter so blödes Zeug anhörst!"

Ginger zuckte die Achseln. „Was willst du von mir?"

„Ich brauch den schwarzen Gurt."

„Das dauert Jahre!", erwiderte er.

„Ich hab Zeit, bis der Unterricht beginnt", sagte ich, worauf er zu lachen begann. Was war denn so wahnsinnig komisch?

„Also nur zwanzig Minuten!", schnaubte er. „Und wo ist dein Anzug?"

„In der Reinigung, die Krawatte auch."

„Ich mein doch deinen Judoanzug, den Judogi", erklärte Ginger matt.

„Oh", sagte ich. „Kannst du mir nicht einfach ein paar Griffe zeigen?"

„Okay." Ginger seufzte. „Aber du musst mir erst versprechen, dass du alles tust, was ich dir sage."

Das hörte sich überhaupt nicht gut an, aber schließlich blieb mir kaum was anderes übrig, also versprach ich es.

„Gut, lass dich fallen!"

„Auf den Schulhof? Da brech ich mir den Arm!"

„Dann gehen wir eben da rüber", stöhnte er. „Dort auf die Wiese." Es war keine Wiese, wie sich herausstellte, sondern eher ein Schlammloch.

„Soll das ein Witz sein?", maulte ich. „Das gibt doch Flecken!"

„Dann vergiss es!" Ginger wandte sich ab und ging davon.

„Okay, okay!", brüllte ich. „Ungefähr so?" Und ich sprang kopfüber in den Matsch. Kalter Schlamm bedeckte mir die Haare und die Jacke. „Zufrieden?", fragte ich trübsinnig.

„Alles total falsch", erwiderte er und setzte ein breites Grinsen auf.

„Du scheinst dich ja gut zu amüsieren!", sagte ich wütend.

„Nein, sehr gut!", kicherte er. „Du musst lernen, deinen Sturz mit den Armen abzufangen." Er machte es vor und ließ es mich ein paar hundert Mal nachmachen, bis ich schlammiger war als das Monster in *Die Schwarze Lagune*.

„Können wir nicht einige Würfe üben?", beschwerte ich mich. Ginger machte einen Ausfallschritt, packte meinen rechten Arm und warf mich über seine rechte Schulter.

„Das war ein Ogoshi", erklärte er.

„Das tat sauweh", stöhnte ich. Ich lag auf dem Rücken und konnte mich nicht mehr rühren. „Du hast mir den Arm ausgekugelt. Darf ich's mal bei dir probieren?"

„Nein", sagte Ginger. „Da kommt jemand."

Es war Miranda Bletchley aus der Sechsten. Ihre Mutter organisierte Rockkonzerte, weshalb Miranda das beliebteste Mädchen der ganzen Schule war. Außerdem hatte sie Klasse und sah aus wie ein Supermodel, nur kleiner.

„Ich hab deine Hausaufgaben für Geschichte gemacht, Ginger", sagte sie. „Willst du sie jetzt haben oder lieber nach dem Unterricht?"

„Lieber jetzt. Dann macht es nachher keine Umstände."

„Oh, es macht gar keine", sagte Miranda, „ich wollte

dich eh fragen, ob wir nachher noch einen Kaffee trinken gehen."

„Klar", sagte Ginger. „Was du willst. Danke für den Aufsatz!"

„Gern geschehen!" Sie lächelte. „Dann bis nachher, an der Bushaltestelle. Tschau!"

Ich fing ein paar Fliegen, während ich Miranda nachstarrte. „Miranda Bletchley!", stöhnte ich.

„Ja, ich hatte sie ganz vergessen."

„Wie hast du diese oberheftige Superschnitte Miranda Bletchley dazu gekriegt, deine Hausaufgaben zu machen?"

„Sie hat mich gefragt", sagte Ginger. „Was ist jetzt, soll ich dir Judo beibringen oder nicht?"

„Mir reicht's", sagte ich in einem plötzlichen Anfall schwerer Depression.

„Gut, aber einen Trick muss ich dir noch zeigen, bevor du gehst", sagte er, rammte mir sein rechtes Bein in die Kniekehle und fällte mich wie einen Baum. Im selben Moment lag ich wieder im Matsch, und Ginger brüllte vor Lachen.

Über Judo

Wenn Ginger es noch einmal wagt
und mich auf die Matte knallt,
dann hau ich ihm die Fresse ein,
bis er winselnd „Gnade" lallt!

(Johnny Casanova – der aus dem Kampfsport aussteigt, und zwar endgültig!)

Das Resultat von Gingers Judostunde war ein Naserümpfen von Bosie, als ich mich ihr näherte, um sie für Freitagabend zum Essen einzuladen. Sie sagte, ich sähe aus wie ein Schlammspringer, und meine Haare röchen noch widerlicher als beim letzten Mal. Ich musste mich auf die andere Seite des Korridors stellen, bevor unsere Unterhaltung beginnen konnte.

„Also, kommst du?", fragte ich. „Ich meine, du brauchst meine Familie nicht zu treffen, wenn du nicht willst. Meine Eltern gehen sowieso aus, und meine Mutter kennst du ja schon – die mit der Stimme wie 'ne Fledermaus mit Megafon, erinnerst du dich? Bloß meiner kleinen Schwester Sherene wirst du leider über den Weg laufen, die ist obernervig." Der Trick war, pausenlos weiterzureden, damit sie nicht zum Zuge kam. Ich wollte ihr keine Gelegenheit geben, nein zu sagen. „Und Pongo, der eigentlich ein Hund ist, aber er kommt einem eher vor wie eine löcherige Luftmatratze voller Furzgas. Nur, damit du schon mal Bescheid weißt." Bosie öffnete den Mund, um etwas zu sagen. „Und unser Haus hat ein Grundstück. Ziemlich groß, mit einem Garten und einem Schuppen, aber es ist kein altes Haus." Sie ließ ein Hüsteln hören. „Wer gewarnt ist, ist gewappnet", erklärte ich. „Und mein Zimmer ist winzig, da hängt immer noch ein Poster von Claudia Schiffer an der Wand. Aber die ist gar nicht mein Typ. Ich hab's zu Weihnachten geschenkt gekriegt. Aber Claudia Schiffer bedeutet mir gar nichts."

„Ich habe deine Einladung doch noch gar nicht angenommen", sagte Bosie.

154

„Wenn nicht, wär's auch nicht schlimm", sagte ich in der Hoffnung, dass sie widersprach und auf der Stelle zusagte. Aber sie tat es nicht. „Und meine Oma hat einen kleinen Dachschaden", fuhr ich fort. „Man muss sie in Ruhe lassen, sonst macht sie ins Bett, weil sie immer Angst vor Bomben hat. Und wir essen keinen Kaviar, obwohl ich ziemlich auf Kaviar stehe. Aber wir sind mehr eine Dosenfleisch-Familie. So ganz stinknormal, kann man sagen."

Bosie sah auf ihre Armbanduhr.

„Ich langweile dich doch nicht, oder?" Mir fiel deutlich auf, dass ich die ganze Unterhaltung allein bestritt, aber einer musste die Stille ja füllen, und ich hatte in einer Jungendzeitschrift gelesen, dass Mädchen von ihrem Freund einfach erwarteten, dass er bei einem Gespräch den Ton angab. Verdammt, nun war es passiert: Ich hatte das Wort *Freund* gedacht und dadurch mein Schicksal herausgefordert! Zur Strafe würde Bosie endgültig ablehnen. „Sagen wir, um sieben Uhr?"

„Sieben Uhr", wiederholte Bosie.

„Sehr komisch", schnaubte ich. „Heißt das, dass du kommst?" Ich konnte es nicht glauben! Es war kein Ja, aber es war auch noch kein endgültiges Nein!

Pongo war am nächsten Tag immer noch in Behandlung, deswegen musste ich die Demonstration meiner Tierliebe verschieben. Was mein Herz für ältere Menschen betraf, so schaffte ich es, Nan zu überreden, mich in die Schule zu begleiten. Ich erzählte ihr einfach, dass Winston Churchill dort auftreten würde, um ein paar alte Lieder von der Front zum Besten zu geben.

Ich klaute einen Rollstuhl vom Krankenhausparkplatz und schob Nan darin zu der Bushaltestelle, wo Bosie jeden Morgen ausstieg. Dann setzte ich Nan eine dunkle Brille auf, legte ihr eine dicke Wolldecke über die Beine und erklärte Bosie, meine Oma sei blind und könne nicht laufen – was meine Wohltätigkeit natürlich ganz erheblich steigerte. Ich stopfte Nan einen Marsriegel in den Mund und erklärte Bosie, das sei *Essen auf Rädern.* Aber leider war sie nicht sehr beeindruckt, vor allem nicht, als Nan aus dem Rollstuhl aufsprang, in den Bus stieg und dem Fahrer zurief: „Bringen Sie mich zum Altersheim! Da gibt es nachmittags anständigen Kaffee und Kuchen!"

Der nächste Punkt auf meiner Liste war die Tätowierung. In der Nacht davor machte ich vor lauter Angst kein Auge zu. Eine Tätowierung hielt ein ganzes Leben ... Und wenn die Sache mit Bosie nicht genauso lange hielt? Ich wäre gezeichnet fürs Leben, es sei denn, ich würde bei einem kuriosen Unfall mit einer Schinkenschneidemaschine meinen Hintern verlieren!

Über die Schmerzen wahrer Liebe, wenn man sich tätowieren lässt ...

Au! Au! Ich werde tätowiert!
Mit Nadeln, die piken,
mit Heulen und Quieken.
Au! Au! Ich werde tätowiert!
Wer wird den Schmerz mir lindern

und mein Leid vermindern?
Au! Au! Ich werde tätowiert!
Ich tu's, weil ich muss,
tu's nur für den Kuss.
Au! Au!
Mir wird schon ganz flau.

(Johnny Casanova – warum hab ich mich bloß darauf eingelassen?)

Nach der Schule bekam Sherene Wind davon, dass ich zum Jahrmarkt wollte, und bestand darauf mitzukommen. Das bedeutete, dass ich sie unter irgendeinem Vorwand für zwanzig Minuten abhängen musste. In dieser Zeit konnte ich mich in das Zelt der *Dame mit Bart* schleichen, die, wie auf dem Schild draußen stand, auch *Tätowierungen – sofort und preiswert* machte.

„Was willss du da drünn?", fragte Sherene.

„Das ist geheim", sagte ich. „Hau ab!"

„Sehr geheim is das aber niss", erwiderte sie. „Du willss diss entweder tätowier'n lassen, oder du willss ma fragen, was du machen muss, damit endliss 'n Bart bei dir wächss!" Sie musste kichern.

„Hier hast du Geld fürs Labyrinth – hoffentlich findest du nie wieder raus", sagte ich und warf ihr eine Münze zu. „Und vergiss nicht, du hast nicht gesehen, wo ich hingegangen bin!"

„Hab iss aber do-och!", hörte ich sie noch rufen, während ich mir zwischen den beiden Vorhanghälften einen Weg in das rote Zelt bahnte. Drinnen war es dunkel. In

157

der Mitte stand auf einem runden Tisch eine flackernde Kerze. Weiter hinten hing an der Zeltwand ein langes, glitzerndes Kleid – wahrscheinlich gehörte es der bärtigen Blondine. Über einer Stuhllehne lag eine Perücke mit langen Haaren, aber von einer Frau war nichts zu sehen, weder mit noch ohne Bart.

„Hallo!", rief ich.

„Was willst du?", brummte eine tiefe Reibeisenstimme. Ich machte einen Satz rückwärts, als ein riesiger Rocker in Hell's-Angels-Klamotten durch eine Luke hereingeschossen kam. „Wir haben geschlossen", knurrte er und schob mir seinen langen schwarzen Bart ins Gesicht. Ich war zu Tode erschrocken. Bissen die Hell's Angels nicht sogar lebendigen Hühnern die Köpfe ab? Das hatte ich jedenfalls mal gehört.

„Ich suche die Dame mit Bart", piepste ich.

„Die's nicht da!"

„Oh." Damit war die Sache wohl gelaufen. „Wissen Sie vielleicht, wann sie wiederkommt?", fragte ich. „Ich brauche nämlich ganz dringend eine Tätowierung." Der Hell's Angel pulte zwischen seinen braunen Zahnstümpfen herum und förderte ein Stück weißes Fleisch zu Tage. Im Geiste hörte ich das erstickte Gegacker sterbender Hühner!

„Ich mach das schon", grunzte er.

„Vielen Dank, aber ich möchte lieber zu der Dame."

„Ich hab's dir doch schon gesagt: Sie ist nicht hier, und sie kommt auch nicht wieder!" Mir kam ein schrecklicher Gedanke. Er hatte sie doch nicht etwa umgebracht? Ein bisschen merkwürdig sah er schon aus – seine Fingernägel waren rosa angemalt. „Zieh dein Hemd aus."

„Ich möchte ein Herz oder so was. Es muss was Romantisches sein."

„Wie wär's mit einer Klapperschlange, die sich um einen blutigen Dolch windet?"

„Klingt perfekt", sagte ich, viel zu ängstlich, um zu widersprechen.

„Gut gewählt", dröhnte er mit Donnerstimme. „Das gibt es gerade im Sonderangebot." Langsam schritt er hinüber zu einem kleinen Holzschrank und kramte darin herum. „Ist das dein erstes Mal?" Er drehte sich nach mir um, ein Bündel voll spitzer Instrumente in der Hand – vielleicht seine Mordwaffensammlung? Ich nickte nervös und konnte ich mich nicht entscheiden, ob ich seine Folterinstrumente im Auge behalten sollte oder die goldenen Stöckelschuhe, die unter seinen ausgefransten Jeans hervorguckten.

„Die Sache ist nur die ...", stammelte ich und lachte gequält, „... ähm, ich will die Tätowierung nicht am Arm."

„Oh?", sagte er und breitete sein nettes kleines Bündel aus.

„Meine Freundin hätte sie gern weiter unten."

„Weiter unten kostet extra", sagte er, ohne zu zögern und nahm seine Diamantohrringe ab.

Ich schluckte. „Wie viel denn?"

„Kommt drauf an, wie viel du davon spüren willst", grinste er und begann, mit Sandpapier den Rost von seiner längsten Nadel abzuschmirgeln.

„Überhaupt nichts", quiekte ich und unterdrückte meine Horrorvorstellungen davon, wie dieses Monster von Mann die bärtige Dame kurz und klein gehackt hatte.

„Dann wird es Handarbeit", sagte er mit einem boshaften Grinsen, „und kostet sechzig Mäuse!"

„Sechzig!" Angst hin oder her, so viel Geld hatte ich nicht. „Ich habe nur fünf Pfund!", protestierte ich.

Der Hell's Angel fuhr sich mit der Hand über den Mund und beschmierte sie dabei mit Lippenstift.

„Tja, dann müssen wir uns wohl irgendwie einigen, was?", knurrte er und zog einen großen Meißel aus seiner Gesäßtasche. Was dann passierte, weiß ich nicht mehr. Ich muss umgekippt sein. Das Nächste, woran ich mich deutlich erinnern kann, ist, dass ich draußen vor dem Zelt auf dem Boden lag und in meinem Hintern einen Schmerz spürte, der zehn Minuten früher noch nicht da gewesen war.

„Iss glaub, der Bart kann's niss gewesen sein, weil du nämiss immer noch popoglatt biss", sagte Sherene. „Also, wo is die Tätowierung?"

„Er ist ein Mörder", flüsterte ich heiser. „Er hat die Dame mit Bart auf dem Gewissen!"

Sherene beobachtete, wie der Hell's Angel aus dem Zelt schlüpfte und über die Felder Richtung Straße lief. Er trug das lange Glitzerkleid. „Iss find niss, dass er sehr gefährliss aussieht", entschied sie. „Der hat 'ne Hanntasche!"

„Er hat ihre Kleider gestohlen!", erklärte ich.

„Das denkss du dir doch bloß aus", sagte Sherene. „Du

160

willss mir nur Angss machen, damit iss niss bei Mama petzen geh!"

„Da hast du jedenfalls Recht!", sagte ich. Eine halbe Stunde mit einem durchgeknallten Transvestiten in einem Zelt zu verbringen, war unendlich viel angenehmer, als Mama von meiner Tätowierung zu erzählen. Sie würde auf der Stelle wahnsinnig werden.

Während wir nach Hause gingen, tat mir die ganze Zeit der Hintern weh. Sherene fand das anscheinend amüsant.

„Was hast du denn?", fragte ich verärgert, weil sie nicht aufhörte zu kichern.

„Iss denk, wie lustiss das is. Du machss dir eine Tätowierung, damit deine Freundin siss freut und diss küssen tut. Aber wenn sie diss würgliss küssen tut und dir an den Popo grapscht, dann gehss du nämiss an die Decke wie 'ne Rakete! Also: Wieder nix mit Küssen!"

„Versprich mir, dass du Mama nichts erzählst", flehte ich.

„Was krick iss dafür?" Sie grinste mich an. In ihren Augen schimmerte die pure Boshaftigkeit.

„Das ist unfair!", protestierte ich.

„Iss will das mal angucken!"

„Nein. Das ist privat, Sherene."

„Iss sag alles der Mama. Ich tu's!"

„Okay! Warte ... vielleicht."

„Vielleiss?"

„Versprochen", sagte ich wütend. Wenn Sherene irgendwann erwachsen war, würde sie bestimmt für die

Mafia arbeiten – in der Erpresser- und Schlitzohr-Abteilung.

Als wir zu Hause ankamen, lag Pongo halb tot auf dem Küchenfußboden. Mama hatte ihn vom Tierarzt abgeholt. Außer seinem blauen Trichter hatte er nun auch noch eine Plastikwindel um. Das war das Einzige, was Mama eingefallen war, um ihr empfindliches Mobiliar zu schützen. Wir stiegen über ihn hinweg und gingen gleich in mein Zimmer, wo ich Sherene zeigte, was der Hell's Angel mir auf den Hintern gemalt hatte.

„Das is ja scheußliss!", rief sie entsetzt. „Was soll'n das sein?"

„Ein *B* für Bosie."

„Sieht mehr aus wie ein *P* für Popo!", kicherte Sherene. „Als ob du immer Buchstahm auf die Teile von dei'm Körper schreibss, damit du niss vergisst, wie was heisst: *P* wie Popo, *K* wie Kopf, *B* wie Blinndarm ..."

„Schon gut, ich hab's kapiert."

„*F* wie Fuß."

„Mehr konnt ich mir eben nicht leisten", sagte ich.

„*O* wie Ohr'n. *N* wie Nase. *R* wie Rotze."

„Es reicht, Sherene."

„*Ä* wie Ällbogen ..."

Ich schubste sie in den SCH-wie-Schrank und sperrte die T-wie-Tür ab, sonst hätte Sherene noch die ganze Nacht so weitergemacht ...

Alphabetti Bosetti

Die Liebe beginnt
mit dem Buchstaben B.
B wie B-gierde
und Bosie, die Fee.
B wie b-törend,
b-zaubernder Blick.
Wie Bräute mit
Brüsten
und Bienen
mit Schick!

(Johnny Casanova – komm nächsten Samstag in meinen Bie-
nenkorb geflogen, Bosie, und lass uns süßen Honig machen!)

Mit der Tätowierung hatte ich die letzte Hürde genommen und bewegte mich nun geradewegs auf die Ziellinie
zu. Das Schlimmste war überstanden. Ich war inzwischen
fest davon überzeugt, dass Bosie und ich wirklich eine
Chance hatten. Dass wir eines Tages vielleicht mit vier
fetten Kindern in unserem sonnigen Häuschen sitzen
würden und an diese Tätowierung denken würden, mit
der alles begonnen hatte. Und schon im nächsten Moment sah ich vor mir, wie ich eines Tages vielleicht eher
in einem schmutzigen möblierten Zimmer voller Flöhe
sitzen und an diese Tätowierung zurückdenken würde,
von der ich eine Blutvergiftung bekommen hatte. Das
scheint das Geheimnis des Lebens zu sein – man weiß
einfach nicht, was für Überraschungen es auf Lager hat ...

Ich ließ Sherene zum Abendessen wieder frei und

bereute es sofort. Sie beschimpfte mich wüst, versprach, mir alles heimzuzahlen, und lief schnurstracks zu Mama, um zu petzen, wie grausam ich zu ihr gewesen sei, und dass sie fast erstickt wäre, und dass mir der Hintern wehtäte, weil ich mir von einem rauschebärtigen Mann, der gleichzeizig eine Frau war, mit einem Messer eine Tätowierung in die Haut hatte ritzen lassen.

Mama horchte auf. „Was für eine Tätowierung?" Am liebsten hätte ich Sherene den Stuhl unterm Hintern weggetreten. Mama hasste Tätowierungen mehr als Männer mit Haaren am Rücken und Brustwarzenpiercing. Tätowierungen waren für sie primitive, pornografische Hautbilder, etwas für Matrosen und Krawallos.

„EINE TÄTOWIERUNG!" Sie verschwand unter der Spüle und tauchte mit einem Schwingschleifer wieder auf. „WO?"

„Nein, Mama! Ich hab's für Bosie getan. Sie mag so was, und ich brauch die Tätowierung – das ist meine einzige Chance, sie zu küssen!"

„WO?"

„Auf einer Party", sagte ich, bevor ich begriff, was sie meinte.

„Sie iss auf sei'm Popo", verkündete Sherene. „Und nur iss hab sie gesehen, sonss keiner!"

„Bück dich!", befahl Mama und stellte den Schwingschleifer an.

„Mama ..." Aber sie zerrte schon an meinem Gürtel. Pongo, der das Ganze für ein Spiel hielt, biss sich in meiner Hose fest und versuchte, sie mir runterzuziehen.

164

Mit einem Plopp sprang der Hosenknopf ab, und ich stand im Freien.

„Hier!", quiekte Sherene. „Da is es! Iss hab doch gesacht, dass er tätowiert is!"

Mamas Gesichtszüge entgleisten. „Halt still!", schrie sie. Ich raspel es runter!" Ich wand mich los und warf mich auf die andere Seite des Küchentisches. Der Schwingschleifer bohrte sich in die Tischplatte und hobelte ein Stück Holz heraus. „Na gut, junger Mann", brüllte Mama. „Hol deinen Mantel!"

So kam es, dass ich zum dritten Mal innerhalb von drei Wochen in der Notfallpraxis landete.

„Was ist es denn diesmal?" Die Ärztin seufzte resigniert.

„Ich möchte, dass sie das hier entfernen!", zischte Mama wütend. Sie riss mir die Hose runter und entblößte mein Bosie-*B*.

„Was soll ich entfernen?"

„Diese Tätowierung", sagte Mama und sah genauer hin. „Das heißt, vor einer Minute war sie noch da!"

„Mrs Worms, was ist mit Ihrer Familie los? Glauben Sie, ich habe nichts Besseres zu tun, als mir Ihre kleinen Scherze anzuhören?" Die Tätowierung war verschwunden. Sherene fand sie auf dem Boden, zusammengerollt wie eine Niete in einer Tombola. Es war nur ein Abziehbild gewesen! Jetzt war ich an der Reihe, wütend zu werden.

„Verdammter Mist!", rief ich. „Das Ding war überhaupt nicht echt! So ein mieser Betrüger! Und ich hab fünf Pfund dafür bezahlt!" Ich stürzte hinaus ins Warte-zimmmer, ohne daran zu denken, dass mir immer noch die Hose über den Knöcheln hing ...

Der zweite Tag meiner totalen Verwandlung war vorbei, und ich hatte absolut null erreicht. Keine Muskeln, kein Judo, kein Lob für meine Altenpflege und keine Tätowierung. Ich würde einen erbärmlichen Liebhaber abgeben. Bosies Traumprinz zu sein war schwieriger, als ich gedacht hatte. Wenn das so weiterging, dann würde ich am nächsten Tag auch noch aus Versehen zur falschen Flasche greifen und mir mit Schwefelsäure die Haare waschen!

Doch wie sich herausstellte, wurde das Haarewaschen zu meinem ersten großen Erfolg. Um sieben Uhr morgens hatte ich bereits drei Handtücher eingesaut, einen schwarzen Schmutzring in der Badewanne hinterlassen und beide Flaschen von Mamas feinster Pflegespülung aufgebraucht. Ich hatte zuerst nicht kapiert, dass man das Zeug wieder ausspülen soll, wodurch meine Haare doppelt so fettig aussahen wie vorher. Aber nachdem ich die Gebrauchsanweisung durchgelesen hatte, ging alles glatt. Mein Haar hatte ein fantastisches Volumen, die Wurzeln waren so voll gepumpt mit Nährstoffen und die Spitzen so gründlich entwirrt, dass ich bei jedem Shampoo-Werbespot die Hauptrolle als erster Zeitlupen-Haar-wirbler gekriegt hätte.

Nach der Körperpflege widmete ich mich meiner künstlerischen Ader und ging zu Mr Patels Laden, um eine Gitarre zu kaufen. Wenn ich Bosie einen Liebessong komponieren wollte, musste ich ihn ja auch irgendwie vortragen.

„Ein kleineres Modell habe ich da", sagte Mr Patel.

„Oh", war mein Kommentar, als er einen kleinen dreieckigen Pappkarton unter seiner Ladentheke hervorzauberte, den Deckel abnahm und eine Ukulele herausholte.

„Das ist keine Gitarre", stellte ich sachlich fest.

„Stimmt genau, das ist eine Gitarre. Eine für Anfänger, deswegen hat sie auch nur vier Saiten."

Die Türglocke läutete, und Ginger betrat den Laden, um die Zeitung für seinen Vater zu holen.

„Was machst du denn so früh hier?", fragte er mich.

„Er kauft eine wunderhübsche Gitarre", sagte Mr Patel.

„Das ist eine Ukulele", korrigierte Ginger. „Meine Gitarre ist viel größer!"

„Diese ist eben kleiner, für kürzere Finger", erwiderte Mr Patel in dem verzweifelten Versuch, seinen Ladenhüter an den Mann zu bringen. „Kostet nur drei Pfund!" Aber ich hatte kein Interesse mehr. Warum sollte ich für ein Instrument bezahlen, wenn ich es auch umsonst kriegen konnte?

„Ginger, alter Kumpel!", sagte ich. „Wie wunderschön, dich zu sehen!"

„Nein, ich leih dir meine Gitarre bestimmt nicht!", schnauzte er.

„Ach, komm schon", flehte ich. „Nur bis Samstag."

„Aber du kannst doch gar nicht Gitarre spielen", erwiderte Ginger und griff nach seiner Zeitung.

„Na klar", log ich. „Komm, wir holen sie gleich."

Ginger zögerte.

„Ich dachte, du wärst mein bester Freund", sagte ich schmeichelnd – die Karte mit dem schlechten Gewissen ist immer der letzte Trumpf in meinem Ärmel.

„Wenn sie kaputtgeht, bringe ich dich um", schimpfte Ginger. „Ich hab dafür drei Tage lang Autos gewaschen und einen Nachmittag Pferdemist geschleppt."

„Ich werde mit ihr umgehen, als sei es meine eigene", gelobte ich.

„Das befürchte ich ja gerade!", sagte Ginger und stopfte die Zeitung gedankenverloren in die Tasche.

„Los, komm", drängte ich. „Wir gehen."

Mr Patel hüstelte. „Das macht nur sechsunddreißig Pence, Mr Ginger", bemerkte er.

„Das bezahlt *der da!*", sagte Ginger und bohrte mir seinen Zeigefinger zwischen die Rippen. „Er schuldet mir nämlich was!"

Gingers Gitarre war der Hammer. Eine rotweiße Falcon mit Verzerrer und drei weißen Reglern. Der Verstärker war ein Big Boy DGX45, laut Ginger der neueste Stand der Technik. Mir kam das Ding ja ein bisschen mickrig vor. Ich hatte einen turmhohen, stählern glänzenden, schweren Metallberg erwartet, aber der Big Boy DGX45 war nur 30 Zentimeter groß und hatte eine Rückwand aus Pappe. Trotzdem machte er einen Mordskrach, wie ich nach der Schule bei mir zu Hause feststellte, und darauf kam's ja an. Ginger hatte mir *Wayne Tinsels Gitarren-*

schule für Selbstlerner ausgeliehen, was ziemlich nützlich war, da ich keinen einzigen Ton spielen konnte. Ich schloss meine Tür ab und begann, die Grifftabellen auf der Umschlagrückseite zu üben.

Es war viel schwieriger, als ich es mir vorgestellt hatte. Nach fünf Minuten tat mir der Rücken weh, weil ich mich die ganze Zeit vorgebeugt hatte, um die Anleitung zu lesen, die auf dem Fußboden lag. Nach sechs Minuten Stahlsaiten-Drücken fühlten sich die Fingerspitzen meiner linken Hand an, als hätte ich sie mit Rasierklingen aufgeschlitzt. Nach zehn Minuten tropfte das Blut aus meinen Fingern auf den Teppich, und nach einer Viertelstunde hatte ich zwei Schachteln Papiertücher verbraucht, um die Blutbäche zum Stillstand zu bringen. Immerhin konnte ich jetzt den E-Dur-Akkord. Jedenfalls gelang es mir, ihn mit der linken Hand zu greifen – das Spielen war irgendwie noch komplizierter. Wayne Tinsel wies mich an, die Rückseite meiner Finger der rechten Hand zu benutzen, aber ich blieb immer wieder in den Saiten hängen und scheuerte mir dabei kleine Hautfetzen von den Knöcheln. Auf meinem Schoß türmten sich die Schuppen bereits wie ein Berg geriebener Käse. Also vergaß ich Wayne Tinsel und erfand eine eigene Technik, die Saiten mit den Fingernägeln zu schlagen. Von oben nach unten klappte alles wunderbar, aber umgekehrt war es die Hölle, weil mir sämtliche Nägel abbrachen.

Gegen Mitternacht gehörten auch D, F und A zu meinem Rock-Repertoire, aber ich war einfach zu fertig, um

169

auch noch einen Lovesong zu dichten. Das musste bis morgen warten. Ich würde superfrüh aufstehen, den Text erfinden und dann Bosie besuchen, um ihr mein Ständchen darzubieten.

Ich kroch in mein Bett, schlief auf der Stelle ein und träumte, ich wäre Jimmy Hendrix, der gefesselt am Pranger sitzt, während ein Hängebauchschwein ihm die Hände abnagt.

Um vier Uhr morgens stand ich auf und schmierte in Windeseile die Verse in mein Schulheft. Das ganze Haus war eiskalt. Mein Atem dampfte, als ich die Treppe hinunterschlich und auf Zehenspitzen durch die Küche lief. Ich schob Pongos Po ein wenig beiseite, um die Hintertür öffnen zu können, aber meine vorsichtige Berührung löste eine Explosion aus, und er ließ einen feuchten Quietscher aus seinem kaputten Koffer fahren. Das Zeug rann mir die Kehle herunter wie eine Tasse warmer, unverdünnter Klärschlamm. Immerhin taute dadurch mein Kehlkopf auf. Ich war bei bester Stimme, als ich Papas Schubkarren am Haus vorbei zu unserer Parknische schob, wo der Lada stand. Die Autobatterie würde ich brauchen, um den Big-Boy-Verstärker anzuschließen. Nachdem ich sie ausgebaut hatte, stellte ich sie in den Schubkarren, packte ein Starthilfekabel und die Musikausrüstung dazu und schob los. Die halbe Stunde bis zu Bosies Haus nutzte ich, um aus vollem Halse meinen Text zu üben, bis ein Polizist in einem Streifenwagen neben mir hielt und wissen wollte, ob ich ein Einbrecher sei.

170

„Nein", sagte ich. „Ein Verliebter, unterwegs zu einer Brautwerbeveranstaltung." Er lachte schallend und ließ mich mit einer Verwarnung ziehen.

Montpelier Crescent war eine piekfeine Gegend, und überall in den Auffahrten parkten diese fetten Allradantrieb-Geländewagen, die reiche Mütter so dringend brauchen, um sechs Meter die Straße runterzufahren und vor den Schulen den Verkehr lahm zu legen. Gott sei Dank, dass ich nicht in Papas Lada saß! In so einer Schüssel wäre ich aufgefallen wie ein Tramper mit knallrotem Daumen.

Es war gegen sechs Uhr, und die Straße lag noch in tiefem Schlummer, als ich den Verstärker mit Hilfe des Starthilfekabels an die Batterie anschloss. Ich stöpselte die Gitarre ein und drehte auf. Ganz sicher war ich mir nicht, wie eine gestimmte Gitarre eigentlich klingen musste, aber ich schaffte es, dass alle sechs Saiten mehr oder weniger übereinstimmten und fast gleich klangen – das stimmte genug, fand ich. Dann pflückte ich im Nachbargarten eine leicht verwelkte Rose, schob in der Auffahrt eine Hand voll kleiner Steinchen zusammen und warf sie dann nacheinander an das Fenster, das ich für Bosies hielt. Die Steinchen klickerten gegen die Scheibe. Ich hielt den Atem an und wartete.

Da war sie! Ihre umwerfenden Umrisse schimmerten durch die Gardine, als sie das Licht anmachte und auf die Straße hinausblickte. Ich drehte den Verstärker auf, klemmte mir die Rose zwischen die Zähne, trat einen

Schritt zurück ins Rampenlicht der Straßenlaterne und schlug meinen Eröffnungsakkord an. Die Vorhänge schossen zur Seite, das Schiebefenster schoss nach oben, und Bosies Kopf schoss ins Freie.

„Was machst du denn da!", zischte sie.

„Iff brimm gier eim Fgännchen!", nuschelte ich und korrigierte die Fingerhaltung für meinen zweiten Akkord. Mit der Rose im Mund war das Sprechen etwas mühsam. Die Dornen hatten sich in mein Zahnfleisch gebohrt. Es fühlte sich an, als säße ein Stachelschwein in meinem Mund. Trotzdem begann ich zu singen:

> Du hast so schöne Haare,
> mein Augenstern, du-huuu!
> Und deine Strümpfe passen
> to-holl zu deinem Schuh-bi-du!
> Du, allertollstes Määädchen
> auf der weiten Schule,
> Hör mich an, an, aaan,
> du Schöne, Süße, Coole ...
> Ich bin verliebt!
> Yeah!
> Du Schöne, Süße, Coole ...
> Ich bin verliebt!
> Yeah!
> In Bosie Cricket, yeah!

Der Song ging noch über Seiten so weiter, weil er immer wieder von vorne anfing – für mehr hatte die Zeit nicht gereicht. Dummerweise stand ich zu nahe am Verstärker. Die Rückkopplung der Gitarre heulte auf wie ein Wolf und übertönte meine honigsüße Stimme. Bosie stand vor Begeisterung der Mund offen (oder war sie *ent*geistert?), während ich mir meine Akkorde zusammensuchte und brünstige Töne von mir gab wie Pavarottis Kater. Die ganze Straße entlang gingen in den Häusern die Lichter an.

„Ruhe!", rief eine schläfrige Stimme von nebenan, als ich zu der schmalzigen Stelle mit Bosies Namen kam und meine ganze Seele in den Gesang legte.

„Iff miebe fie!", rief ich in einer meiner Akkordwechsel-Pausen.

„Hau ab!", brüllte die Stimme. Aber ich war nicht den ganzen Weg hierher gekommen, um mit eingezogenem Schwanz wieder abzuziehen – und außerdem lächelte Bosie. Ich glaube, sie war wirklich gerührt.

Ich stimmte wieder den Refrain an, denn das war der Teil, den ich am besten konnte. Da erschien der Nachbar im Schlafanzug auf der Straße.

„Es ist sechs Uhr morgens!", schrie er.

„Iff miebe fie!", sagte ich.

„Und die Rose da gehört mir!" Er riss sie mir aus dem Mund, dass mein Zahnfleisch nur noch in Fetzen runterhing.

„Waaaaaaah!", heulte ich.

„Du kannst ja *doch* einen Ton treffen!", kommentierte er vernichtend. „Und jetzt verschwinde!"

„Aber ich bin noch nicht fertig."

„Jetzt aber!", knurrte er, schwang einen Eimer hinter seinem Rücken hervor und schleuderte mir ungefähr sechs Liter kaltes Wasser entgegen. Die Welle traf mich voll ins Gesicht, überschwemmte die Batterie zu meinen Füßen und löste einen Kurzschluss aus. Ein sprühend blauer Blitz schoss am Starthilfekabel entlang in den Verstärker, durch den Bananenstecker wieder hinaus und schlug in Gingers Gitarre ein. Mein Song erstarb in einem Gurgeln, während ich lautlos innerlich explodierte. Ich stand tropfnass da, mit erstickter Stimme, verkohlten Fingern und einem weißen Rauchpilz über meinem Kopf, der nach oben stieg und in den Baumkronen verpuffte wie eine von Pongos Spezialduftwolken.

„Und?", sagte ich und rang mir trotz der Schmerzen ein Grinsen ab. „Kommst du?"

„Wohin?", fragte Bosie.

„Zu mir zum Abendessen. Ich hab mir auch die Haare gewaschen."

„Hat dir schon mal jemand gesagt, wie süß du aussiehst, wenn du klatschnass bist und unter Strom stehst?"

„Schon oft!", rief ich hinauf. „Also, kommst du?"

„Ist's Romeo, der mich fragt?"

„Nein, ich bin's, Johnny", sagte ich. „Du siehst wohl schlecht, weil es noch dunkel ist?"

„Das war doch aus ‚Romeo und Julia'", stöhnte sie. „Die Balkonszene!"

„Aaah, ja", sagte ich. „Das ist von Shakespeare, stimmt's?"

174

Bosie nickte. „Ja, okay. Ich komme. Und vielleicht bringe ich sogar diesen Kuss mit."

Hatte ich mich verhört? „Du meinst ... heute Abend?", schrie ich. „Juhuuu!"

„Nicht so laut!", zischte sie. „Und komm am Samstag eine halbe Stunde früher, bevor die anderen da sind!"

„Damit wir ganz für uns sind?", hauchte ich erregt.

„Damit du mir helfen kannst, die Möbel umzurücken", flüsterte sie. „Schnell! Du musst jetzt gehen, meine Eltern kommen!"

„Macht doch nichts", sagte ich mutig, „du hast doch gesagt, die sind sehr tolerant, außer bei eingemachter Marmelade oder so!"

„Und bei ausgemachtem Unfug – zum Beispiel bei nächtlicher Ruhestörung!"

„Aha!", sagte ich noch, da schlug Bosie bereits ihr Fenster zu. Es war Zeit zu gehen. Ich lud die verkohlten Überreste meines Ständchens in Papas Schubkarren und schob im Dauerlauf die Straße hinunter, schneller als ein Gärtner beim olympischen Schubkarren-Slalom.

Erst als ich Papas Batterie wieder eingebaut hatte, wurde mir richtig klar, wie ungeheuerlich mein Erlebnis gewesen war. Bosie liebte mich! Das war das Einzige, was zählte.

Mit welch Mitteln man die Liebe einer Maid entfacht

Es scheint, dass man mit holden Tönen
das Herz erweichet einer Schönen.
Mich dünkt, ich tat gar wohl daran,
sie zu betören mit Gesang!

*(Johnny Casanova – Ihr, geneigter Leser, werdet in meinen
Zeilen sicher sogleich den Einfluss von Shakespeare erahnen,
dem größten aller Barden! Fürwahr, dies kömmt vom eifrigen
Lesen der gar traurigen Tragödie „Romeo und Julia")*

Schwarze Bohnen

In den nächsten paar Stunden wucherte meine Liebe wie ein Philodendron. (Papa hat nämlich einen im Wohnzimmer stehen, der so schnell wächst, dass man vor lauter Blättern den Fernseher nicht mehr sieht.) Während ich mich für die Schule fertig machte, gönnte ich mir die harmlose Eitelkeit, darüber nachzudenken, was Bosie an mir wohl so magnetisch-unwiderstehlich fand. Ich war ganz gut in die Höhe geschossen, hatte herrlich hängende Haare, ich zog mich an wie ein Model von Calvin Klein, ich hatte immer noch alle meine Zähne, und – das war bestimmt das Wichtigste – ich war komplett pickelfrei.

Seit der Katastrophe vom vergangenen Wochenende hatte ich mir einen anderen Stil angewöhnt, mit Gott zu reden. Vorbei waren die Zeiten langer Gebete in schmalziger Bibelsprache (so Sätze wie: Und wenn Du mein Antlitz mit Feuerszungen geißeltest, so werde ich doch wohlgestaltet sein, o Allmächtiger). Inzwischen war ich sachlicher geworden und sprach die Dinge klar und deutlich aus: Lieber Gott, ich weiß, dass ich nicht dein bester Jünger bin, aber wenn du mich von diesen Pickeln verschonst, dann versprech ich, in Zukunft kräftig an dich zu glauben, und nicht nur an Weihnachten! Dann schloss ich die Augen und stellte mir vor, wie der Heilige Geist mir ins Gesicht pustete und meine Haut porentief reinigte ...

Alles in allem hatte ich den Eindruck, dass Bosie mich

einfach liebte, weil ich so war, wie ich war. Kleine Liebesengelflügel flatterten auf meinem Rücken, als ich zum Frühstück hinunterging und mit verträumtem Blick die Küche betrat. Ich war entschlossen, den Tag einfach an mir vorbeirauschen zu lassen, damit das Abendessen mit Bosie schneller näher rückte. Und dann stand auch schon der Samstag bevor, an dem meine Freundin und ich zusammen tanzen würden, Becken an Becken, im sexy Schein einer Vierzig-Watt-Glutlichtbirne ...

Ich glaube an den lieben Gott

Lieber Gott, mach mich doch schöner.
Lieber Gott, pfleg mir mein Haar.
Lieber Gott, mach mich top-sexy
und zum größten Mädchen-Star!
Lieber Gott, pfleg meine Haut.
Lieber Gott, verschone mich:
Schick mir bitte keine Pickel,
dann glaube ich ganz fest an dich!

(Johnny Casanova – ich muss eins von Gottes liebsten Kindern sein: Meine Haut ist glatt und rein wie ein Babypopo!)

Ich hatte mal irgendwo gelesen, dass die erfolgreichsten Bosse immer alles im Voraus planen. Also sagte ich Mama gleich, was los war.

„Was, du hast eine Freundin, und sie kommt heute Abend zum Essen?"

„Sie heißt Bosie", sagte ich.

Mama beugte sich über den Tisch und zupfte an Papas

178

Zeitung. „Unser kleiner Johnny hat eine Freundin!", piepste sie ganz außer sich.

„Was für eine Art von Freundin?", fragte Papa misstrauisch.

„Einfach eine Freundin, Terry. Ist das nicht wunderbar?"

„Ganz himmlisch", brummte Papa.

„Oh, Johnny, ich freu mich ja so für dich!" Mama strahlte mich an. „Ich weiß noch, wie ich mich das erste Mal mit deinem Vater getroffen habe. Er sah so gut aus, dass ich überall Gänsehaut gekriegt hab!"

„Das freut mich sehr", sagte ich mit einem leichten Gefühl von Übelkeit, „aber ich brauch wirklich nur ein bisschen Hilfe mit dem Essen."

„Keine Angst, ich koch dein Lieblingsgericht", sagte Mama und strahlte weiter.

„Nein, du verstehst mich nicht", sagte ich. „So was hab ich mir schon gedacht. Das ist ja echt nett von dir, aber ich muss selber kochen. Das gehört dazu!"

„Oh, ich verstehe!" Mama zwinkerte mir schelmisch zu. „Sie ist eine Feministin, was? Eine von denen, die ihren Büstenhalter schon im Kindergarten verbrannt haben."

„So ähnlich." Ich seufzte. „Hilfst du mir?"

„Lass uns mal nachsehen, was wir in der Tiefkühltruhe haben."

In der Tiefkühltruhe befanden sich ein Huhn, ein paar schrumpelige Fischstäbchen, ein Paket Erbsen, drei Eis am Stiel, eine Pizza, ein Paket Kutteln und Sherenes

Barbiepuppe – als sie damals verschwunden war, hatte es einen Familienkrach gegeben.

„Also, was meinst du?", fragte ich Mama.

„Du bist der Boss, Rübchen", sagte sie und wuchtete mir ihr abgegriffenes Exemplar von *Virginia Smith's köstlichste Küche* in die Arme. „Guck mal da rein!"

Dummerweise gab es bei Virginia kein Kapitel mit der Überschrift *Kochen für idiotische Anfänger, die ihren Freundinnen frech erzählt haben, dass sie kochen können, und nun schnell was aus dem Ärmel zaubern müssen, weil sie sonst nicht knutschen dürfen.* Aber immerhin gab es ein Kapitel über Geflügel. Ich suchte ein altes englisches Gericht aus, das angeblich die Lieblingsspeise von Heinrich VIII. gewesen war – der ja mit seinen sechs Frauen ein ziemlich ausschweifendes Liebesleben geführt hatte und bestimmt auch nicht selber kochen konnte: gegrilltes Hähnchen und danach Pizza. Das klang doch eigentlich ganz lecker.

„Zufrieden?", fragte Mama.

„Ein bisschen nervös bin ich schon", gab ich zu.

„Unsinn", sagte sie. „Du wirst das prima hinkriegen. Und du hast nach der Schule noch massenhaft Zeit, um alles vorzubereiten."

„Wirklich?"

„Bist du sicher, dass ich dir nicht helfen soll?"

„Hundertprozentig."

Mama schlang vor Begeisterung bebend ihre Arme um meinen Hals. „Du kluger, kleiner Meisterkoch!", sagte sie mit zitternder Stimme. „Aber das Auftauen des Hähnchens überlässt du mir, in Ordnung? Und jetzt ab mit dir, mach dich fertig für die Schule."

Als ich zur Schule kam, hatte sich der Pausenhof in eine einzige Brutstätte sexueller Intrigen verwandelt. Der Grund dafür war Bosies Rave. Ihr geheimes Fest der endlosen fleischlichen Begierden löste eine Welle stöhnender Lustseufzer aus. Es lag an der nervenkitzelnden Aussicht auf abgedunkelte Räume mit dicken, weichen Teppichen, auf die geile Kombination von Fummelei und Fusel, auf unbeaufsichtigte Jungen und Mädchen, die aufeinander knallten wie Autoskooter.

Sharon und Darren streichelten sich gegenseitig über ihre Glatzen. Sie hatten sich beide die Haare abrasiert, damit sie sich ähnelten wie zwei Turteltäubchen, aber ich fand, sie sahen eher aus wie zwei Hälften eines blanken Hinterns. Ginger war total aus dem Häuschen. Inzwischen wusste die ganze Schule, dass er mir eine Judostunde gegeben hatte, und nun standen die Mädchen Schlange, um mit ihm zu kämpfen. Die Erste war Miranda Bletchley, dicht gefolgt von den Rosenzwillingen, die ihr böse Blicke zuwarfen. Auf der Matte schlug Ginger sich gerade mit Charlotte Sykes herum, die sich überhaupt nicht für Judo interessierte. Sie wollte bloß gezeigt bekommen, wie man jemanden am Boden fixierte – als Vorwand, um sich auf Ginger draufzulegen zu können.

„Aber das ist Ringen", protestierte Ginger. „Ich mache Judo. Das ist nicht dasselbe!"

„Ach so?" Charlotte zuckte mit den Schultern. „Ist mir

181

egal." Ginger hatte vor lauter Verzweiflung Tränen in den Augen. Als er mich entdeckte, verlangte er seine Gitarre zurück, um sie zu Bosies Party mitnehmen zu können. Aber ich behauptete einfach, sie sei in der chemischen Reinigung, und merkwürdigerweise schien er mir zu glauben.

Cecil rannte unterdessen die Warteschlange auf und ab. Er war seit Deborahs Umzug ohne Freundin, was keinen wunderte, und nun fragte er die Mädchen der Reihe nach, ob nicht eine probehalber erst mal mit ihm kämpfen wollte, aber es wollte keine. Sie hatten Angst, dass sein Ausschlag ansteckend war. Cecil versprach, seinen Pullover anzubehalten, aber es war nichts zu machen.

Timothy und Alison saßen vornehm abseits der Menge und übten Verheiratetsein, indem sie sich anschwiegen. Und Bosie zog mich immer wieder in irgendeinen Winkel, um mir zu sagen, wie sehr sie sich aufs Wochenende freue. Ich forderte mein Glück ein wenig heraus und bat sie von Zeit zu Zeit um einen Kuss zum Aufwärmen, aber sie wies mich sanft zurück. Darüber war ich froh, denn es zeigte mir, dass uns etwas Tieferes verband als all die anderen bedauernswerten Paare. Wir hatten dieses geschmacklose Gebalze einfach nicht nötig. Zwischen uns herrschte ein höheres Einvernehmen, kein unreifes Hosengefummel und schlüpfriges Geschlabber. Wir hatten eine Hände-weg-Vereinbarung, etwas ganz Besonderes.

Nach der Schule schaute ich bei Mr Patels Kaufen-Sie-hier-Laden vorbei, um mir ein Video auszuleihen, das

182

Bosie und ich nach dem Abendessen gucken konnten. Wenn's nach mir gegangen wäre, hätte ich einen Softporno oder einen Horrorstreifen genommen, aber Bosie zu Ehren musste es etwas Netteres sein, ein Film mit einer richtigen Handlung und Musik und viel Weichzeichner. Mr Patel empfahl mir *Casablanca,* für nur ein Pfund fünfzig.

„Ich kann Ihnen nur fünfzig Pence geben", sagte ich. „Mehr habe ich nicht."

„Gebongt!", antwortete Mr Patel und strahlte mich an. Wir kamen echt gut miteinander klar, wir beide.

„Sie sind ja heute so gut gelaunt!", bemerkte ich.

„Ich habe wundervolle Neuigkeiten", erklärte Mr Patel. „Ich habe eine Frau kennen gelernt. Ja, ich führe am Wochenende eine Dame aus! Mein Herz schwebt wie ein Seeadler!"

„Gratuliere", sagte ich. „Wie sieht sie denn aus?"

„Woher soll ich das wissen?", fragte er. „Wir haben uns über ein paar Dinge unterhalten, die in ihrer Anzeige standen, mehr nicht. Aber wir scheinen gut zusammenzupassen, und sie hat eine fix und fertige Tochter!"

„Meinen Sie, dass ihre Tochter mit den Nerven fertig ist? Oder dass Sie nicht mehr selbst für Nachwuchs sorgen müssen?" Ich kicherte. Manchmal merkte man noch, dass Mr Patel Inder war.

„Wie bitte?"

Ich hatte ihn wohl durcheinandergebracht. Also wechselte ich schnell das Thema. „Und wohin führen Sie sie aus?"

„Ins *Tadsch Mahal*", sagte er.

„Ist das nicht in Indien? Bisschen weit, oder?"

„Nein, das ist in Tooting. So heißt das indische Restaurant von meinem Cousin. Es ist sehr nett dort. Zwischen den Gängen überrascht man die Damen mit einem Ständer."

„Äh, wie bitte?", fragte ich.

„Na, mit Geige und Zither und schönen Liedern."

„Ach so, mit einem Ständchen." Das war mein Spezialgebiet.

„Ja, ich bin schon ganz aufgeregt."

„Wie schön", sagte ich. „Zufällig muss ich heute Abend auch eine Dame unterhalten. Deswegen brauch ich das Video."

„Viel Glück!"

„Und ich koche selbst!"

„Dann sollte ich vielleicht lieber der *Dame* viel Glück wünschen!", krähte Mr Patel und lachte los, dass sein dicker Bauch nur so schwabbelte.

„Was für ein netter Scherz", bemerkte ich lächelnd. „Ich muss gehen."

„Übrigens, hat der Mini-Truthahnbeträufler nicht funktioniert?", fragte er, als ich schon an der Tür war.

„Was?"

„Der Pickel an deinem Kinn. Hast du ihn nicht weggekriegt?"

Wollte Mr Patel mir bloß einen Schrecken einjagen? Nein, als ich mein Gesicht abtastete, fühlte ich eine Beule, die so dick war wie Pongos Hoden!

Ich rannte nach Hause, als stünden meine Hosen in Flammen. Zweieinhalb Stunden bevor Bosie zum Essen kam, ließ Gott diesen Blitz auf meinen Schädel niedersausen! Das also brachten Gebete. Wie konnte Er mir das bloß antun – nach allem, was ich für Ihn getan hatte? Hätte dieser Ausschlag nicht bis Sonntag warten können? Musste er mich ausgerechnet *jetzt* von einem Mann in einen kleinen, pickligen Jungen verwandeln?

Ich stürzte in die Küche und traf auf Mama, die am Tisch saß und ihren Kopf in den Turbobräuner hielt. In der einen Hand hatte sie einen Cocktail und in der anderen eine Flasche Speiseöl.

„Mama!", schrie ich. Mein ganzer Körper zuckte unkontrolliert. „Es ist etwas ganz Schreckliches passiert!"

„Na so was, Rübchen", sagte sie. „Nicht aufregen!"

„Etwas furchtbar Schreckliches!", wiederholte ich, denn offenbar hatte sie mich nicht richtig verstanden. „Ich wünschte, ich wär tot!" Aber meine raffinierte Übertreibung stieß auf taube Ohren.

„Ich mach mich gerade hübsch", zirpte sie, schaltete den Turbobräuner ab und drehte sich zu mir um. „Na, wie sehe ich aus?" Wie ein Gorilla bei Buschbrand, dachte ich. Ihre Haut war dunkelrot und warf Blasen wie gerührter Pudding. Sie nahm ihre Sonnenbrille ab, zeigte ihre weiß umränderten Pandabären-Augen und verzog die geschwollenen Lippen gequält zu einem Lächeln.

„Hass du den Apparat niss vielleiss zu doll eingestellt?", fragte Sherene, die gerade die Küche betrat, um nach Kartoffelchips zu suchen. Mama antwortete nicht und lächelte weiter, was entweder bedeutete, dass sie auf ein Lob wartete, oder dass sie keine Miene mehr verziehen wollte, damit die Haut nicht aufplatzte.

Da entdeckte Sherene meinen Pickel und fing gleich wieder mit ihrer alten, blöden Tour an, fiese Grimassen zu ziehen und mit den Zeigefingern ein Kreuz zu machen. Dazu krähte sie „Igitt, schnell weg!", als hätte ich die Pest.

„Da kommt der scheußlisse Eiter-Popel!", schrie meine kleine Schwester mit dem Fliegenhirn. „Gleiss explodiert er! Alle Mann in Deckung!"

„Das ist bloß ein Pickel!", brüllte ich.

„Da könntess du den ersten Preis bei 'nem Kürbis-Wettwachsen mit gewünn!" So ein Kommentar war genau das, was ich im Moment *nicht* brauchte. In meinen schwersten Stunden sollte meine Familie mich doch unterstützen!

„Sag ihr, dass man überhaupt nichts sieht!", knurrte ich Mama an.

„Rübchen, man sieht überhaupt nichts."

„Lüg doch nicht!", blaffte ich. Ich wollte die Wahrheit hören, und gleichzeitig wollte ich sie auch nicht hören. Meine Hirnwindungen waren irgendwie verknotet – ich war ein Sklave meiner geistigen Widersprüche.

„Na gut: Der Pickel ist riesig", sagte Mama. „Und er macht dich nicht gerade schöner."

„Das musst du gerade sagen!", schrie ich entrüstet. Ihre sonnenverbrannte Haut war inzwischen rissig wie ein ausgedörrter Wüstenboden. Ich stürzte nach oben, um mich im Bad einzuschließen – aber auf der Treppe traf ich Papa.

„Weißt du, dass du einen riesigen Pickel am Kinn hast?", fragte er.

Ich begutachtete den Schaden im Badezimmerspiegel. Der Pickel war ein Monster. Er starrte mich an wie ein glatzköpfiger Kobold. „Na, was gedenkst du nun zu tun, du großer Liebhaber?", schien er zu kichern. „Ich mach mich jetzt hier breit!"

„Ich weiß schon, was du vorhast", sagte ich. „Du willst, dass ich dich ausdrücke, damit du noch mehr wachsen kannst! Aber das werde ich nicht tun!" Diese Eiterbeule ahnte nicht, dass sie es mit einem alten Hasen in Pickel-Angelegenheiten zu tun hatte. Schließlich hing über meinem Bett ein Schild mit der Aufschrift:

AMTLICHE MITTEILUNG:
Wenn ich je irgendwann
in meinem Leben wieder einen Pickel kriege,
werde ich ihn nie, nie, NIEMALS anrühren!

„Ich durchschaue dich", sagte ich stolz. „Ich lass mir von dir nicht mein Leben zerstören, sondern ich gehe jetzt runter in die Küche und mache Hühnchen und Pizza." Ich zwang mich wegzugucken, aber der Kobold an meinem Kinn grinste mich herausfordernd an.

„Meinst du wirklich, dass Bosie mich den ganzen Abend vor Augen haben will?", zischte er. Das Schlimme an Pickeln ist, dass sie bösartig sind und keine Gnade kennen. Wenn ich die ganze Menschheit ausradieren wollte, müsste ich bloß eine Pickelepidemie auslösen, und schon würde die menschliche Rasse vor lauter Depressionen zu Grunde gehen.

Egal, jedenfalls gab ich mir beim Umziehen wirklich alle Mühe, meinen blinden Passagier zu vergessen, aber er funkte einfach immer wieder dazwischen. Bei jeder Bewegung, bei jedem Satz oder Gedanken merkte ich, wie er mich auslachte. Kein Zweifel, ich musste diesem kleinen Miststück eine Lehre erteilen – vorher konnte ich unmöglich anfangen zu kochen!

Ich bleckte die Zähne und knurrte meinen Feind im Spiegel an. Vorsichtig drückte ich von der einen Seite, dann von der anderen. Die Wurzeln durchzogen offenbar das ganze Kinn, denn der Schmerz strahlte bis in den Kiefer. Das musste eine Pestbeule sein, klarer Fall. Sie war wie ein Eisberg, von dem nur ein Drittel der Masse sichtbar über der Oberfläche lag. Ich zog die Haut am Kinn straff, wodurch sich der Pickel hell färbte und unsichtbar wurde. Wenn es doch den ganzen Abend so bleiben könnte, dachte ich. Aber wie sollte ich Bosie verführen, wenn ich zwei Wäscheklammern im Gesicht hatte, die meine Kinnhaut strafften? Mir blieb nichts anderes übrig: ein kleiner Druck, und die Sache wäre erledigt.

Ich holte tief Luft, beugte mich näher zum Spiegel, drückte die Finger von beiden Seiten gegen den Pickel und ließ dabei maximale Schraubstockkraft einwirken. Nichts. Ich drückte fester und fester – der Schmerz

188

zerschlug mir die Schläfen wie ein Tomahawk – und noch fester!

Wenn ich so weitermachte, würde ich mir die Finger brechen. Inzwischen war der widerspenstige Pickel dunkelrot und viermal so groß wie vorher. Vielleicht musste ich einfach die Finger unter den Eiterherd bohren ... Die Tränen schossen mir in die Augen. „Geh auf, verdammt, geh endlich auf!" Ich drückte so fest, dass meine Handgelenke sich verkrampften. Und da passierte es. Ich spürte den Eiter wie einen Wasserstrahl aus einem Schlauch schießen. Er spritzte an den Spiegel wie das Gift einer Speikobra. Mein Jubel dauerte nicht lange, denn als ich mir das Blut aus dem Gesicht gewischt hatte, war das Ausmaß des Schadens deutlich zu erkennen. In meinem Kinn klaffte ein Loch von der Größe eines Fünf-Pence-Stückes! Es war, als ob man in den Schacht eines Bergwerks blickte.

Verzweifelt ließ ich die Fäuste auf das Waschbecken niedersausen. Warum lernte ich nie etwas dazu? An diesem Abend hätte ein intimes Essen *für zwei* stattfinden sollen, aber jetzt, nachdem mein Pickel größer war als ein durchschnittlicher Zwölfjähriger, musste ich wohl noch ein weiteres Gedeck auflegen – zwei sind eine Gemeinschaft, aber drei sind eine Gruppe, wie jeder weiß. Ich hasste Mama, ich hasste Papa, ich hasste Sherene, aber am meisten hasste ich mich selbst, weil ich es nicht geschafft hatte, mich zusammenzureißen. Und nicht nur das, sondern die Zeit war mir davongelaufen. Die Pickelkrise hatte mich Stunden gekostet. Es war schon sechs.

In einer Stunde sollte Bosie kommen, und ich hatte noch nicht mal angefangen zu kochen.

Weil ich mir den Hals schlecht abbinden konnte, war ein Badehandtuch die einzige Möglichkeit, den Blutstrom zu stillen, der sich aus meinem Kinn ergoss. Als es schließlich nur noch tröpfelte, tarnte ich den Vulkan mit einem fleischfarbenen Pflaster und rannte Nan über den Haufen, die gerade unterwegs zum Abendessen war. Immer zwei Stufen auf einmal nehmend, sprang ich die Treppe hinunter.

Als ich unten ankam, hallte mir Katzengejaule entgegen – Mama und Papa sangen Elvis-Lieder. Sie standen in der Küche wie ein Flamenco-Tanzpaar, sie im roten Tüllkleid und er im engen schwarzen Anzug. Die beiden gurrten sich mit *Love Me Tender* an und tranken Gin Tonic aus großen Gläsern.

„Ihr seid ja noch gar nicht weg!", platzte ich heraus. Ich hatte furchtbare Angst, dass sie bleiben würden, bis Bosie kam. Die Vorstellung, dass die drei sich begegnen könnten, war einfach zu peinlich.

„Cocktails trinkt man ja erst um sieben", sagte Papa. „Aber deine Mama und ich nehmen schon mal einen kleinen Drink, bevor wir gehen." Er schlang seine Arme um Mamas Taille und sabberte ihr „Love me, Schnucki!" ins Ohr.

„Oh Gott!", murmelte ich. Da betrat Nan die Küche; sie strahlte vor Freude.

„Heißt das, der Krieg ist jetzt bald vorbei?", fragte sie. „Ist das nicht schön, Babs, dass die Männer endlich wieder zu Hause sind?" Ich musste die drei irgendwie loswerden!

„In den Nachrichten haben sie Staus und zähflüssigen Verkehr angesagt!", log ich.

„Du willst uns doch nicht etwa loswerden, was?", erriet Papa mit einem schelmischen Zwinkern. „Es wär dir doch nicht etwa peinlich, wenn Bosie deinen alten Vater kennen lernen würde, was?"

„Wie kannst du sooo was denn bloß denken!", rief ich. Aber meine Abwehr war wohl zu stark, denn Papas Augenbrauen schossen wissend in die Höhe.

„Oh Terry, du Schlimmer", sagte Mama mit gespielter Strenge. „Ich weiß auch nicht, was in den letzten Tagen mit deinem Vater los ist – er ist munter wie ein kleines Häschen!" Eher wie ein geiler alter Ziegenbock, dachte ich, als Papa Mamas Hintern tätschelte. Die beiden fingen an zu kichern und arbeiteten sich bis zu ihren Mänteln in der Diele vor. Warum können Eltern nicht einfach ganz normal sein, statt von einem peinlichen Extrem ins andere zu fallen?

„Sherene ist im Bad. Um acht muss sie ins Bett."

„Ich weiß", sagte ich lächelnd.

„Viel Spaß ..." Mama grinste mich an, drückte mir einen Kuss auf die Wange und flüsterte: „Mit dem Pflaster ist es viel besser!"

„Danke", sagte ich mit Leidensmiene – und murmelte leise: „Danke, dass du mich so nett daran erinnerst!"

Bevor sie das Haus verlassen konnten, klingelte es an der Tür. Draußen standen Tante Rene und meine Kusine

Ramone. Mir fielen fast die Augen aus dem Kopf – Tante Rene trug einen Sari.

„Äh ... was macht ihr denn hier?", stotterte ich.

„Du passt heute auf mich auf!", krähte Ramone und fletschte ihr lückenhaftes Gebiss.

„Hab ich ganz vergessen, dir zu sagen, Rübchen", flüsterte Mama. „Tante Rene hat heute Abend eine Verabredung."

„Und wieso zieht sie einen Sari an?"

„Sie will einen guten Eindruck machen", erklärte Mama. „Ich erwarte nicht, dass du das verstehst, Johnny, aber Tante Rene braucht einen Mann." Mamas schuldbewusster Blick verriet mir, dass ich in der Falle saß. „Sie hat mich angerufen und gefragt, ob es dir heute recht ist."

„Recht?" Ich hatte schon Bosies Gesicht vor Augen. „Aber ich darf nicht babysitten – das ist gesetzlich verboten."

„So ein Unsinn", lachte Mama. „Du bist doch schon vierzehn!" Zum ersten Mal wünschte ich mir, jünger zu sein.

„Hör mal, das geht wirklich nicht."

„Stell dich nicht so an!", sagte Mama wütend und beendete die Diskussion, indem sie Ramone in die Diele schob. Johnny Casanova saß voll in der Klemme. Nie im Leben, nicht mal in meinen schlimmsten Träumen, hätte ich mir ausgemalt, dass ich mein erstes zärtliches *Dinner für zwei* mit Nan Worms und den *Lieben Wilden* würde verbringen müssen!

Nachdem Mama und Papa zur Tür raus waren, rannte

ich zurück in die Küche, um das Essen zu machen. Ich hatte noch eine Dreiviertelstunde Zeit.

Nan sah mich fragend an, während ich die ganze Küche auf den Kopf stellte und nach dem Hähnchen suchte, das Mama versprochen hatte aufzutauen. Ich erschrak zu Tode, als ich die Tiefkühltruhe öffnete und feststellte, dass es noch drinlag!

„Ich glaub's nicht!", schrie ich. „Sie hat es vergessen!"

„Sie war sehr beschäftigt heute mit ihrem Turbobräuner", sagte Nan.

„Na toll!", brüllte ich. „Das ist mein Ende!" Es war zu spät, um die Speisekarte zu ändern. Ich musste das Beste draus machen.

Rasch holte ich die Pizza, das extragroße Hähnchen und die angebrochene Schachtel Erbsen aus der Truhe und las mir die Hinweise für die Zubereitung durch. Die Pizza brauchte fünfundzwanzig Minuten bei 220°C, aber auf dem Huhn stand einfach nur GRILLEN, was mir ungefähr so viel half wie eine weiße SOS-Flagge in einem Schneesturm. Mir fiel ein, dass Virginia Smith in ihrem Kochbuch irgendwas von zwanzig Minuten pro Pfund geschrieben hatte, und ich schätzte das Hähnchen auf zwei bis drei Pfund. Eine Stunde müsste also dicke reichen, sogar mit Auftauen.

Ich riss die Plastikfolie ab, legte das Hähnchen auf ein Backblech, schob es in den Ofen und drehte voll auf.

Dann nahm ich die Pizza aus ihrem Karton und legte sie auf ein kleineres Blech, das in zwanzig Minuten in den Ofen sollte. Ich setzte im Kessel Wasser auf, goss es kochend in einen Topf, schüttete die Erbsen hinein und ließ sie vor sich hin köcheln. Irgendwas fehlte, das spürte ich. Natürlich, Kartoffeln! Zu Huhn machte Mama immer Kartoffeln. Fieberhaft suchte ich das Gemüseregal ab, fand aber nur zwei Stück mit wuchernden Keimen. Ich konnte Bosie unmöglich etwas vorsetzen, das noch wuchs! Schließlich hatte ich ihr erzählt, ich könne kochen. Dann würde es eben Salat geben.

Unglücklicherweise war die Gurke zu Matsch zerflossen, die Tomaten sahen braun und runzelig aus, und der Kopfsalat war so welk wie die Haut an Opas Hals, kurz bevor er starb. Also musste Bosie sich mit roten Bohnen zufrieden geben. Ich machte eine Dose auf und stellte die Bohnen auf eine kleine Flamme neben die Erbsen. Dann deckte ich schnell den Tisch, stopfte eine Haushaltskerze in einen Eierbecher und stellte sie als Tischdekoration in die Mitte. Zum Schluss riss ich noch zwei Tücher von der Küchenrolle und legte sie als Servietten hin. Ich trat zurück und betrachtete mein Werk.

„Müssen wir wieder verdunkeln?", fragte Nan und nahm die Kerze in die Hand. „Ich hab den Fliegeralarm gar nicht gehört." Ich nahm ihr die Kerze wieder ab und stellte sie zurück auf den Tisch.

„Was gibt es zum Abendbrot?"

„Du hast doch schon gegessen, Nan", log ich. „Weißt du das denn nicht mehr?"

Sie starrte mich an. „Nein."

„Du müsstest schon längst im Bett sein."

„Aber ich geh doch nie vor acht ins Bett", sagte sie und

setzte sich hin. „Um dieselbe Zeit wie Sherene." Die Uhr zeigte Viertel vor sieben.

„Huch, die Batterie macht wohl schlapp", sagte ich, kletterte auf einen Stuhl und stellte die Zeiger auf acht Uhr. „Die Uhr geht nach."

„Ist es schon Schlafenszeit?", fragte Nan.

„Ja." Ich nickte. „Gute Nacht, träum schön!"

Ich brauchte drei Minuten, um Nan die Stufen raufzuschieben. An der Leiter zum Dachboden ließ ich sie für eine Verschnaufpause sitzen und zischte nach unten, um die Pizza in den Ofen zu schieben. Unterwegs stellte ich alle Uhren im Haus auf acht, damit *Die Lieben Wilden* aus dem Weg geschafft werden konnten. Aber gerade als ich die Ofentür zuklappte, flog die Haustür mit einem Krachen auf – Mama und Papa kamen wieder zurück! Papas Gesicht war dunkelrot.

„Dieser verdammte Wagen will einfach nicht anspringen!", zischte er.

„Nein!", jammerte ich. Hatte ich nicht schon genug gelitten? Ausgerechnet an diesem Abend musste das Auto streiken! Warum hatte Papa nur einen Lada gekauft?

„Die Batterie ist leer", sagte er.

„Oh!", stöhnte ich peinlich berührt. Das war wohl meine Schuld. Hoffentlich fragte er jetzt nicht, ob ich zufällig eine Ahnung hätte, woran das liegen könne.

„Du hast nicht zufällig eine Ahnung, woran das liegen könnte, Johnny?" Na bitte, Eltern sind einfach berechenbar.

„Wie denn das?" Ich zuckte mit den Schultern. „Ich kann doch gar nicht fahren!"

„4 500 Pfund! Den Händler mach ich kalt!", tobte Papa. „Jetzt müssen wir auf ein Taxi warten!"

„Aber ihr könnt doch jetzt nicht warten, das ist ja schrecklich!", schrie ich. Die beiden starrten mich fragend an. „Schrecklich für euch!", fügte ich hastig hinzu. Ich musste sie irgendwie loswerden. „Da, seht doch, wie spät es schon ist!" Ich deutete auf die Uhr in der Diele, die fünf nach acht anzeigte.

„Wo ist bloß die Zeit geblieben?", fragte Papa verwirrt.

„Ihr müsst euch beeilen, sonst kommt ihr zu spät ins Restaurant!", sagte ich gnadenlos.

„Er hat Recht!", rief Mama in Panik.

„Ihr müsst laufen!", sagte ich.

„Wir müssen laufen", echote Papa.

„Aber ich hab hochhackige Schuhe an!", jammerte Mama.

„Dann zieh sie aus!", kreischte ich. „Es sind doch nur ein paar Kilometer!" Zum Glück sind Papa und ich vom selben Schlag, und er schob Mama trotz aller Proteste zur Tür hinaus wie ein echter Profi-Rausschmeißer. Inzwischen war Nan wieder nach unten gekommen und klagte darüber, dass sie immer noch hungrig sei. Ich sagte ihr, dass sie nur fett werden würde, wenn sie noch mehr äße, und scheuchte sie wieder die Treppe hinauf. Auf dem Rückweg nach unten traf ich Sherene und Ramone, die gerade aus dem Badezimmer kamen. Sie hatten sich Schnurrbärte aus Wimperntusche gemalt, und zwischen ihren Beinen hingen ein länglicher Badeschwamm und eine Klobürste.

„Wir sind Männer!", sagten sie.

„Ins Bett!", befahl ich.

„Aber es is noch niss acht!", protestierte Sherene.

„Oh doch!", sagte ich mit einem diebischen Grinsen, schob die beiden in Sherenes Zimmer und zeigte auf die verstellte Uhr. „Es ist schon fünf nach. Wenn du nicht in zwei Minuten schläfst, sag ich's der Mama!" Sherene sah mich böse an und stampfte mit dem Fuß auf, aber ich blieb hart und wartete, bis die beiden unter Sherenes Bettdecke verschwunden waren. „Süße Träume!", flötete ich.

„Saure Pflaume!", rief sie mir hinterher, als ich die Tür zuzog. Ich atmete tief durch, rannte nach unten und stellte alle Uhren wieder auf sieben. Dreißig Sekunden später klingelte es an der Haustür. Ich löschte im ganzen Haus das Licht, damit der Pickel nicht zu sehen war, und öffnete die Tür.

„Was ist denn mit deinem Kinn passiert?", fragte Bosie.

„Hab mich beim Rasieren geschnitten", antwortete ich schnell. „Oh, guten Abend, Mrs Cricket. Wie nett."

„Um Punkt zehn hole ich dich wieder ab!", sagte Bosies Mutter und warf einen beunruhigten Blick in die düstere Diele. „Du bist doch nicht etwa allein zu Hause, oder?"

„Oh nein, meine Eltern sind ausgegangen, aber meine Oma ist oben auf dem Dachboden."

Mrs Cricket schaute mich misstrauisch an. „Ich will sie

sehen!", sagte sie und hielt ihre Tochter an der Schulter fest, damit sie nicht hereinkommen konnte.

„Kein Problem", presste ich zwischen den Zähnen hervor. „Warten Sie hier!" Das durfte doch einfach nicht wahr sein! Dieser Abend war das reinste Fitnessprogramm!

Nan stieg gerade ins Bett, als ich bei ihr hereinplatzte. „Schnell!", rief ich. „Du musst runterkommen!"

„Aber es ist Schlafenszeit", protestierte sie.

„Nein, nein, noch nicht sofort. Wir haben Fliegeralarm. Komm schon!"

„In den Luftschutzkeller?", fragte sie.

„Genau, da unten bist du sicher."

„Gibst du mir Geleit?", fragte sie kichernd und schwang sich aus dem Bett. „Was für ein Spaß!"

„Wirklich, sehr spaßig ...", seufzte ich. Ich bugsierte sie im Nachthemd die Leiter hinunter, führte sie in die Diele und stellte sie Mrs Cricket vor. „Bitte sehr", sagte ich. „Das ist meine Oma."

„Sind Sie der Luftschutzwart?", fragte Nan. „Johnny, mach die Tür zu! Sonst sehen sie unsere Lichter und bombardieren uns!"

„Sie ist ein bisschen durcheinander", flüsterte ich Mrs Cricket zu.

„Tja, also dann, bis zehn", sagte Mrs Cricket nervös und wich langsam zurück. „Viel Spaß noch, Bosie."

„Nehmen Sie sich vor den Raketen in Acht!", rief Nan, während ich die Tür schloss.

„Ich bring sie zurück ins Bett", sagte ich zu Bosie.

„Mach's dir gemütlich. In fünf Minuten ist das Essen fertig."

„Aber es ist viel zu früh zum Schlafengehen", stellte Nan fest und deutete auf die zurückgestellte Uhr. „Guck mal, die Zeit läuft ja rückwärts!"

„Befehl von Churchill", sagte ich verzweifelt. „Um den Feind zu verwirren!"

„Unser guter Churchill, er ist so clever", sagte sie. Und dann erlaubte sie mir, sie die Treppe hinauf in die Heia zu geleiten.

Ich brauchte zehn Minuten, bis mit Nan alles geregelt war. Als ich wieder in die Küche kam, saß Bosie am Tisch, zog einen Flunsch und blickte demonstrativ auf ihre Uhr.

„Tut mir Leid", sagte ich. „Ich musste ihr noch beim Anlegen der Gasmaske helfen."

„Es ist noch Zeit", sagte sie forsch. „Wir schaffen es gerade noch, wenn wir uns beeilen!"

„Was schaffen wir?"

„Ins *Treff* zu gehen. Da spielen doch heute die *Fetten Betbrüder*!"

„Ach ja?"

„Ich hab gedacht, das wäre etwas für heute Abend", erklärte sie geduldig.

„Aber ich dachte, wir bleiben hier und essen zusammen", sagte ich.

„Ich habe meinen Freunden gesagt, dass wir uns um halb acht dort treffen, Johnny."

„Aber mir hast du es nicht gesagt. Ich habe gekocht!"

„Was interessiert mich denn ein Essen, wenn eine supergute Gruppe auftritt?"

„Aber ich habe extra gekocht!"

„Das mit dem Abendessen war doch nur eine Ausrede, damit ich weg kann und meine Eltern nichts merken!"

Ich war platt. „Aber ... ich kann nicht weg", jammerte ich.

„Und wieso nicht?", fragte sie spöttisch. „Wo bleibt denn dein Unternehmungsgeist?"

„Ich muss babysitten", sagte ich. *Die Lieben Wilden* liegen oben im Bett." Ihre Mundwinkel sackten nach unten. „Und außerdem habe ich gekocht!" Sie schien nicht im Mindesten zu begreifen, welche Anstrengungen ich auf mich genommen hatte.

„Du willst also nicht mit mir hingehen?", fragte sie nüchtern.

„Ich kann nicht", murmelte ich. „Tut mir Leid."

„Gut", sagte sie, aber es war nicht gut. Sie hatte eine königlich-gekränkte Miene aufgesetzt.

Es entstand eine peinliche Pause, in der ich alle Möglichkeiten durchspielte – aber mir blieb wirklich keine andere Wahl.

„Möchtest du vorm Essen etwas trinken?"

„Was hast du denn?", fragte sie lahm.

„Äh, Cola oder Fanta", sagte ich.

„Keinen Wein?"

„Nein", stammelte ich. „Tut mir Leid. Wie wär's mit einer Erdnuss?" Aber offenbar war sie allergisch gegen Nüsse. „Käsecracker vielleicht?", fragte ich. Mein Kopf steckte im Küchenschrank. „Sie riechen ein bisschen muffig, aber wenn man sie schnell isst, merkt man bestimmt nichts!"

Sie zeigte kein Interesse. Nachdem ich alles durchwühlt hatte, drehte ich mich wieder um und sah, dass Bosie eine Zigarette in der Hand hielt. Sie schnippte die Asche auf den Boden und fixierte mich mit kühlem Blick. Offenbar wollte sie mich beeindrucken. Es entstand eine zweite peinliche Pause, die länger und länger wurde, bis mir schließlich mit Schrecken einfiel, dass es ja meine Aufgabe als Gastgeber war, das Gespräch in Gang zu halten.

„Na?", fragte ich locker-flockig. „Wie hab ich mich gemacht? Hab ich mich schon genug verändert? Erfülle ich alle Erwartungen, die du an einen Mann stellst?"

„Ich bin fünfzehn", sagte sie verächtlich, als müsse ich genau wissen, was sie damit sagen wollte, „und du nicht. Ich habe die Bedürfnisse einer Frau."

Mein perfekter Abend war im Eimer.

Ich versuchte, Ruhe zu bewahren. „Bist du fertig? Können wir jetzt essen?", fragte ich.

„Sind wir nicht längst fertig miteinander?", erwiderte sie frostig.

Ich lachte, um zu überspielen, wie klein und doof ich mir vorkam – da öffnete sich quietschend die Küchentür, und *Die Lieben Wilden* kamen mit Fanfarenklängen hereingesprungen.

„Ta-TAAA!", kreischten sie im Chor. „Wir sind zwei Supermodels!" Sie stöckelten in Mamas Schuhen herum und hatten die Schlüpfer über die Schlafanzüge gezogen. Nachdem die beiden eine Weile um den Tisch gewackelt waren und aus voller Kehle „SuuuperMODELS!" gebrüllt hatten, ließ sich Sherene erschöpft auf Bosies Schoß fallen.

„Hass du 'nen Buuusenhalter an?", erkundigte sie sich und sah Bosie forschend in die Augen.

„Raus mit euch! Auf der Stelle!", brüllte ich. „Das hier ist privat!"

„Ham wir doch gewuss, dass du ein Mädchen hier hass", fuhr sie fort. „Willss du ma gucken, wie der Johnny nackiss aussieht?"

Ramone knallte ein großes rotes Fotoalbum auf den Küchentisch.

„Da sind tausend Fotos drünn, mit Johnny drauf, der sein' Pimmel raushängen läss – oder hass du den schon gesehen?"

Ramone kicherte über den tollen Witz ihrer Kusine. Das war der Moment, wo ich ausrastete wie eine wild gewordene Kreissäge auf Rädern. Ich jagte die beiden durch die Küche und stieß die wildesten Drohungen aus.

„Rauf mit euch, oder ich leg euch Spinnen ins Bett und sag dem Kindermörder, wo ihr seid!" Das hatte gesessen! Entsetzt ergriffen sie die Flucht, stolperten die Treppe hinauf und schlossen sich in Sherenes Zimmer ein. Noch zehn Minuten später hörten wir sie kreischen.

Bosie schien wenig begeistert zu sein.

„Das war ja nicht gerade die feine Art", sagte sie, als ich zurückkam. „Es sind doch nur Kinder!"

„Aber du musst nicht mit ihnen leben", erklärte ich ihr.

„Du solltest dich schämen", erwiderte sie – und ihr Tonfall erinnerte mich sehr an den von Mama, wenn sie mir eine Standpauke hielt. „Du hast mir doch erzählt, du liebst Kinder!"

„Tut mir Leid, entschuldige", sagte ich zum soundsovielten Mal, obwohl ich gar nicht wusste, warum. Bosie wich meinem Blick aus – den ganzen Abend über hatte sie mir nicht richtig in die Augen gesehen. „Ich hol jetzt das Essen", sagte ich. „Bleib ruhig sitzen."

„Das hatte ich auch vor", erwiderte sie.

„Ich komme schon klar." Das war die dümmste Lüge meines Lebens, denn nachdem ich den Ofen geöffnet hatte, wusste ich absolut nicht, was ich als Erstes tun sollte. Ich zog einen von Mamas alten Kochhandschuhen über, zerrte die verkohlten Überreste der Pizza heraus, verbrannte mir die Finger und ließ das Blech auf den Boden fallen. Die Pizza hüpfte und kullerte über den Fußboden, prallte gegen ein Stuhlbein und wirbelte um die eigene Achse, bis sie flach dalag, natürlich mit der belegten Seite nach unten. „Ganz schön heiß!", sagte ich so witzig wie möglich.

„Und was ist das?", fragte sie.

„Pizza. Erkennt man das nicht mehr?" Ich hob sie auf, knallte die Ex-Pizza in die Mitte des Tisches und konzentrierte mich auf das Grillhähnchen. Es sah nicht so aus wie die Hähnchen von Mama. Das Ding war bleich und weiß wie ein blutleerer Finger, und es lag in einer kleinen Wasserpfütze.

„Brust oder Keule?", fragte ich. Aber Bosie konnte nicht antworten – sie probierte gerade die Problem-Pizza.

„Die schmeckt ja wie Pappe!", prustete sie und spuckte eine Ladung halb zerkauten Pizzaboden über den Tisch.

„Das ist nicht normal", sagte ich und hob den Rand an, um nachzusehen, woran es lag. Unter der Pizza klebte ein rundes Stück Pappe – wahrscheinlich hätte ich es vor dem Backen entfernen müssen. Ich schnaufte nervös und schleuderte die Pizza in die Mülltonne wie eine Frisbeescheibe aus Beton. „Also wirklich, dieser Ofen! Der zickt jetzt schon seit Wochen so rum! Aber es ist ja noch ganz viel Huhn da."

Dummerweise war nicht viel Huhn zum Essen da, denn als ich es schneiden wollte, verbog sich das Messer, als wäre es aus Gummi. Ich versuchte es mit der Gabel, aber nicht mal die spitzen Zinken drangen hindurch. Das Grillhähnchen war hart wie ein Pflasterstein.

„Du hast nicht vielleicht vergessen, es vorher aufzutauen?", fragte Bosie, die meinen Kampf mit dem fiesen Vogel beobachtete.

„Nein", log ich und dachte im Stillen, dass Mama so gut wie tot war, sollte ich sie zwischen die Finger bekommen. „Da muss irgendwas Hartes drin sein, das ist es. Vielleicht liegen ja ein paar Eier drin?"

Bosie stöhnte auf, als sei sie sterbenskrank. Ich steckte meine Hand in das Huhn und ertastete eine Plastiktüte. „Das ist das Problem", verkündete ich und zog den

Sack mit den rohen Innereien heraus. „Ich hab vergessen, die Eingeweide rauszunehmen." Aber das Entfernen des Säckchens brachte auch nichts. Das Hähnchen war nach wie vor ein fester Eisklotz. Ich war ratlos. Der Schweiß rann mir die Arme hinunter.

„Hast du nicht gesagt, du kannst kochen?", fragte Bosie vorwurfsvoll.

„Kann ich ja auch ... normalerweise", stammelte ich.

„Genauso *normalerweise*, wie du es schaffst, ins Fitnessstudio zu gehen oder dir eine Tätowierung machen zu lassen?", fragte sie. Ihre Stimme klang richtig gehässig.

„Kannst du mir mal schnell einen Eimer reichen?", bat ich. Aus der Hühnerleiche schwappten ganze Sturzbäche blutiges, lauwarmes Wasser hervor. Das Backblech war schon am Überlaufen. Bosie lehnte sich nach hinten und reichte mir einen blauen Eimer, in den ich die Flüssigkeit aus dem Backblech goss. Es war Pongos Trichter-Halskrause. Das blaue Plastikding, das wie ein Eimer aussah, aber keinen Boden hatte. Die Brühe platschte auf den Fußboden wie ein Miniwasserfall und spritzte Bosies Strumpfhosen voll. Sie stieß einen Schrei aus und sprang von ihrem Stuhl auf.

„Ich kann doch nichts dafür!", jammerte ich. „Du hast mir das Ding gegeben!"

„Sie sind ruiniert!", kreischte sie. „Die haben ein Vermögen gekostet!"

„Ich kauf dir neue", rief ich demütig. „Hast du schon mal darüber nachgedacht, Vegetarierin zu werden?"

„Wieso?"

„Weil es ein paar Erbsen und Bohnen gibt, falls du noch Hunger hast." Aber die Erbsen waren zu Erbsensuppe zerflossen, und die roten Bohnen waren inzwischen schwarz. „Möchtest du stattdessen vielleicht einen Kaffee?", fragte ich. Aber Bosie war der Appetit vergangen. Sie warf einen Blick zur Tür, als ob sie gehen wollte.

Über das Kochen

Kein Wunder, dass berühmte Köche
mies gelaunt sein müssen.
Vor lauter Arbeit kommt man ja
so gut wie nie zum Küssen!

(Johnny Casanova – der den Suppenlöffel für immer an den Nagel hängt)

„Dann unterhalten wir uns einfach nur", schlug ich völlig verzweifelt vor. „Ich freue mich so auf die Party morgen, du nicht auch?" Ich wusste nicht, ob ich es wagen durfte, den Kuss zu erwähnen, aber immerhin hatte ich ihr ein Essen gekocht, also war sie mir was schuldig. „Ich kann's gar nicht abwarten, mit dir ..."

„Ist das alles, woran du denkst?", schnaubte sie. „Immer nur Sex?"

„Nein!", protestierte ich. „Nein, das Tolle ist doch, einfach mit dir zusammen zu sein. Ein Kuss wär ganz nett, aber das muss ja nicht sein."

206

„Gut", sagte sie. „Denn ich tue nie etwas, wozu ich keine Lust habe. Zum Beispiel mit einem Jungen zusammen sein, der nicht das tut, worum ich ihn bitte." Es folgte eine ziemlich lange betretene Stille, während der ich die Schleifen meiner Schnürsenkel mindestens zwölfmal überprüfte.

Warum benahm sich Bosie plötzlich so anders, jetzt, wo wir allein waren? Es kam mir vor, als ob sie mich absichtlich abblitzen ließ – als wäre ich eine dermaßen tragische Enttäuschung, dass sie nichts mehr von mir wissen wollte. Sie schien mich zu hassen und erreichen zu wollen, dass ich sie genauso hasste – und ihr Benehmen hatte wahrhaftig den gewünschten Effekt. Ich versuchte die ganze Zeit, mir einzureden, dass ich sie liebte, aber ich wusste gar nicht mehr, warum eigentlich. Mir fiel bloß ein, dass Ginger überhaupt nichts tun musste, um bei den Mädchen anzukommen. Wieso dann *ich?* Bosie wollte mich nicht mal küssen, obwohl ich wirklich jeden gewünschten Punkt an mir geändert hatte, damit ich ihr gefiel. Was sollte ich denn noch alles tun?

In diesem Moment ließ Pongo, der bisher still und unbemerkt unter dem Tisch gelegen hatte, einen fahren. Bosie rümpfte angeekelt die Nase. Ich versetzte Pongo einen Tritt, damit er aufhörte, aber der Schuss ging voll nach hinten los. Eine grüne Wolke waberte aus Pongos undichten Ventilen, und ich musste ihn aus der Küche schleifen, bevor Bosie erstickte.

„Also war das mit deiner Liebe zu Tieren auch gelogen", stichelte sie.

„Na ja, aber er hat doch gefurzt", erklärte ich. „Da muss man ihm eben zeigen, wo's langgeht!"

„Ich bin anderer Meinung", sagte Bosie. „Grausamkeit bleibt Grausamkeit, auch wenn man versucht, sie schönzureden!"

Ihre Kritik traf mich bis ins Mark. „Hör mal, ich versuche doch bloß, dir alles so recht wie möglich zu machen."

„Tja, leider klappt es nicht", sagte Bosie. „Ich rufe jetzt meine Mutter an."

Ich wollte sie aufhalten, da erschien Nan mit ihrer Gasmaske in der Küche. Es rieche verbrannt, schluchzte sie hysterisch, und ob wir schon die Feuerwehr gerufen hätten.

Als Nan endlich wieder im Bett lag und ich vom Dachboden nach unten raste, stand Bosie bereits in der Diele und hatte ihren Mantel an.

„Ich gehe", sagte sie. Ich hielt sie nicht auf.

„Tut mir Leid, dass das Essen nicht essbar war", brummte ich. „Sehen wir uns morgen?"

„Um sieben", sagte sie. „Zum Möbelrücken." Damit öffnete sie die Tür und verschwand hoch erhobenen Hauptes in der Nacht.

„Sie hätte sich ja wenigstens für die Einladung bedanken können", sagte ich traurig zu Pongo. Er winselte und legte den Kopf schief. „Ja, ich liebe dich auch, Alter."

Über Untertreibungen

Untertrieben
wäre dies:
Johnny fühlt sich
etwas mies.
Untertrieben
ist auch das:
Bosie treibt es
ganz schön krass!

(Johnny Casanova – warum fließt der Fluss der Liebe nicht einfach gemächlich dahin?)

Je länger ich über den Abend mit Bosie nachdachte, desto deprimierter fühlte ich mich. Vielleicht hätte ich Sherene und Ramone wirklich allein lassen und ins *Treff* gehen sollen. Andererseits hätte Bosie eigentlich kapieren müssen, wie viel Mühe ich mir ihretwegen gemacht hatte.

Ich wanderte in den Garten hinaus, um meine Einsamkeit mit den Sternen zu teilen. Irgendetwas sagte mir, dass Bosie mich nicht mehr mochte, dass ich zu jung für sie war oder so. Vielleicht hatte ich sie enttäuscht, oder sie hatte einen anderen gefunden. Was auch der Grund war, ich merkte jedenfalls so langsam: Je weniger sie mich mochte, desto weniger mochte ich sie. Aber vielleicht war ja doch noch nicht alles verloren. Schließlich wollten wir beide was voneinander. Sie wollte, dass ich ihr beim Möbelrücken half, und ich wollte einen Kuss. Das war doch gar nicht so schlecht. Ich war immerhin schon vierzehn, und die Zeit verstrich. Schon in einer Woche konnte ich kahl sein, und wer würde mich dann noch küssen wollen? Ich musste Bosies Angebot annehmen, jetzt, wo ich noch alle Haare hatte. Selbst wenn es bedeutete, dass ich während der Party wie ein Dackel hinter ihr herzockeln musste. Die Liebe, das merkte ich immer deutlicher, war eine nahe Verwandte des Krieges.

Drüben bei Kim brannte noch Licht. Kim zeigte mir einen sechs Meter langen gestreckten Mittelfinger – als Schattenspiel auf unserer Hauswand.

„He, ich hab gesehen, dass Bosie früher gegangen ist! Was war los?"

„Wenn du drei Wochen Zeit hast, erzähl ich's dir!"

„Bin gleich da!", rief Kim, neugierig wie immer, wenn es was zu tratschen gab.

Wir ließen uns aufs Sofa plumpsen.

„Und, habt ihr's getrieben?"

„Nein", sagte ich. „Der Zweite Weltkrieg ist uns dazwischengekommen. Hast du Lust auf ein Video?"

„Was denn für eins?"

„*Casablanca*", sagte ich.

„Klingt langweilig."

„Ja, aber vielleicht sind die Trailer ganz gut." Leider waren sie es nicht. Es wurden nur alte Filme vorgestellt. Die Sorte, bei denen Eltern weinen müssen.

„Es ist noch ein bisschen Gefrierhuhn da, falls du Hunger hast", sagte ich.

„Mhm, klingt ja lecker!", prustete Kim. „Ist es wirklich kalt?"

„Wie der Sack von einem Pinguin", antwortete ich, worüber wir mindestens fünf Minuten lachen mussten. Dann sagte Kim: „Isst man den gegrillt oder einfach nur mit Salz?" Wir kicherten weiter. Als der Film begann, konnten wir uns vor Erschöpfung kaum noch rühren.

„Wie nett", sagte ich.

„Echt gemütlich bei dir", meinte Kim.

„Gehst du morgen zu Bosies Rave?", fragte ich.

„Wahrscheinlich."

„Lass uns doch zusammen gehen."

„Es ist besser, wenn ich allein geh. Falls ich's mir noch mal anders überlege."

„Na gut." Ich zuckte mit den Achseln.

„Aber danke, dass du gefragt hast", sagte Kim.

Der Film war wirklich langweilig. Die ganze Zeit bloß Geknutsche und Schmalzmusik. Fast keine Schießereien – ich merkte, wie mir die Augen zufielen.

„Wie macht man mit jemandem Schluss, Kim?", fragte ich im Halbschlaf.

„Hab ich auch noch nie gemacht." Kim gähnte.

„Ich warte lieber damit, bis wir geknutscht haben."

„Gute Idee, lass dir keinen Kuss durch die Lappen gehen."

Ich musste ebenfalls gähnen. „Das Problem ist", murmelte ich, „dass sie mich nicht wirklich mag. Ich hab versucht, genauso zu sein, wie sie es wollte – aber das funktioniert irgendwie nicht."

„Versuch doch einfach, du selbst zu sein", sagte Kim.

Ich lächelte. „Ginger scheint das ja hinzukriegen."

„Ja", murmelte Kim schläfrig.

„Ja", wiederholte ich. „Der gute alte Ginger." Mir fielen endgültig die Augen zu, und mein Kopf sackte nach vorn.

Als Mama und Papa eine Stunde später wiederkamen, fanden sie Kim und mich im Tiefschlaf auf dem Sofa. Der Film lief immer noch. Ich hatte den Mund weit offen und schnarchte. Kim schnarchte nicht. Sie lag mit dem Kopf auf meinem Schoß.

Traumtänzer

In dieser Nacht hatte ich einen ganz komischen Traum.

Ich stehe mit einem Megafon in der Hand mitten im Sportstadion. Jedes Wort, das ich spreche, erscheint in Leuchtschrift und Riesenbuchstaben auf der Punktetafel, sodass jeder der siebzigtausend Zuschauer es lesen kann. Bosie hängt über mir in einem Fischernetz. Eine Kamera ist auf ihr Gesicht gerichtet und überträgt die Bilder auf eine gigantische Bildschirmwand am anderen Ende des Stadions. Ich heize die Menge mit meiner Stimme an wie ein Wanderprediger.

„Das mit dir und mir", brülle ich, „das ist vorbei, Baby!" Die Menge grölt und feuert mich an. „Du hast mich doch von Anfang an immer nur runtergemacht!" Noch mehr Gegröle. Auf dem Bildschirm ist zu sehen, wie eine Riesen-träne über Bosies Wange läuft und auf den Rasen runter-tropft. „Tränen trinke ich zum Frühstück, Puppe! Dreh den Hahn zu! Ich empfinde nichts mehr für dich!" Nun rastet die Menge total aus. Sogar die Queen applaudiert. Sie hat so eine Brille mit Schmetterlingsflügeln auf. Die Queen wird mir den Siegerpokal überreichen, aber zuerst muss ich Bosie noch ins Weltall kicken. Also schnalle ich mir meine aufpumpbaren Sportschuhe an die Füße und schieße Bosie bis in die Wolken rauf. Auf dem Bildschirm sieht man, wie sie schreit, aber die Worte sind nicht zu verstehen, sondern

nur auf der Punktetafel zu lesen: „Es tut mir so Leid, Johnny! Ich liebe dich doch! Hol mich zurück!"

Aber ich bin der böse Bube, der coole Casanova, der Killer-Küsser mit den drei K's (Krall sie dir, knutsch mit ihr, und kick sie in den Wind!) – und ehrlich gesagt, Schätzchen: Es ist mir scheißegal!

Aber da wird die Queen sauer. Sie setzt eine schwarze Schirmmütze auf, zeigt auf mich und sagt: „Es geht abwärts mir dir, Casanova!" Und das tut es wirklich – ich versinke im Erdreich, wo es vor Hitze dampft. Sherene und David Hasselhof knutschen auf einem Surfbrett, und Pongo heizt mit seinen Schwefelgasen das Feuer an wie ein lebendiger Blasebalg.

Ich bin in der Hölle gelandet. Und alle anderen sind auch hier. Mama röstet ihr Gesicht an den Flammen und reibt sich mit Bräunungscreme ein, Papa legt gerade eine Stromleitung von seiner Autobatterie zu Mr Drivers Hosenlatz, und Ginger flieht in zerfetzten Klamotten vor sechstausend hässlichen Mädchen und fleht sie an, ihn doch in Ruhe zu lassen (die Stelle mag ich ganz besonders). Über mir schwebt flügelflatternd Bosie als Engel. Sie sieht hochmütig auf mich herab und nennt mich einen alten Schwachkopf, der es nicht besser verdient hat, als in der Hölle zu schmoren. Aber ich kann nicht sagen, es tut mir Leid, denn das tut es einfach nicht. Also schnaube ich bloß verächtlich – da schwirrt plötzlich ein Pfeil durch den Höllennebel und bohrt sich in die Tätowierung über Bosies Herz. Ich reiße den Kopf herum, um zu sehen, wer geschossen hat, und sehe eine Frau ohne Gesicht. Sie trägt eine schwarze Lederjacke und

214

darunter Leggings, und ihre Beine sind wie Stelzen und reichen bis zu den Ohren hinauf.

„Ich hab überall nach dir gesucht", sagt sie. „Möchtest du tanzen?" Und im nächsten Moment fetzen wir schon wie in Trance über die Tanzfläche. Es regnet Flimmerglimmer auf uns herab, und alle sind neidisch, weil ich der unschlagbare, ultimative Tanzkönig bin, und sie ist meine Goldkönigin, Sarah, die Superknutscherin in engen Leggings, die heiße Schnitte mit den schwarzen Locken!

Und dann wachte ich auf. Ich war total durcheinander.

Hilfe!

Reich mir die Hand, ich ertrinke!
Sag mir, du fühlst so wie ich!
Oder bin ich verwirrt,
hab mich völlig geirrt?
Welche Frau ist die beste für mich?

(Johnny Casanova – völlig ratlos)

Partylaune

Am nächsten Morgen lagen meine Nervenenden bloß. Die Frage war nicht mehr, ob ich mit Bosie Schluss machen sollte, sondern wann und wie. Ein Brief wäre zu geschäftlich gewesen, ein Fax nicht diskret genug, ein Anruf zu unpersönlich. Wir mussten auf ihrem Rave unter vier Augen miteinander reden, aber was sollte ich sagen? Wie schafft man es, gleichzeitig freundlich und grausam zu sein? „Überraschung! Zwischen uns ist es aus!" Nein, das hörte sich ein bisschen herzlos an. Ich grübelte weiter. „Bosie, wir müssen reden." Das war doch ein guter Anfang. Durch den wenig spaßigen Tonfall meiner Stimme würde sie sich auf etwas Ernstes gefasst machen und nicht gleich in Ohnmacht fallen. „Kürzlich habe ich festgestellt, dass ich generell doch mehr dazu neige, allein zu Abend zu essen." Super! Aber was, wenn sie den Sinn sofort kapierte und umgehend damit anfing, mich zu beschimpfen? Ich musste ihr zuvorkommen. „Du verschwendest deine Zeit mit mir, Bosie. Ich bin ein Nichtsnutz, ein mieses Miststück. Du musst dir was Besseres an Land ziehen." Wenn ich mich selbst erst mal total runtermachte, würde ich ihr den Wind aus den Segeln nehmen – und dann würde ich zum großen Schlag ausholen: „Wir wissen doch beide, dass es keinen Sinn hat."

An diesem Punkt, wenn es endlich ausgesprochen

war, würde sie wahrscheinlich anfangen zu weinen. Dann würde ich die verständnisvolle Tour fahren, um meinen Schlag wieder abzumildern. „Ich weiß, es wird Tränen geben und schlaflose Nächte, vielleicht auch ein oder zwei Selbstmordversuche, aber am Ende wird es für uns beide besser sein." Sie würde wütend werden. „Im Moment empfindest du nur Hass für mich, aber später wirst du mir einmal dankbar sein." Ich musste ihren Blick in die Zukunft lenken. „Es schwimmen noch so viele andere Fische im Teich. Guck dir diesen Schrank da drüben an – der Typ hat doch viel mehr Muckis als so ein Pickelgesicht wie ich!" Und ich musste ihr zeigen, dass ich sie immer noch anziehend fand. „Ich werde dich immer lieben ..." Aber nicht anziehend genug, um wieder mit ihr zu gehen – „... wie eine Schwester." Und wenn sie's dann immer noch nicht kapierte: „Ich hasse dich, hau ab!"

Das müsste hinhauen. Ein schneller, sauberer Bruch, der mir die Freiheit geben würde, mein Glück woanders zu suchen. Und trotzdem tat mir Bosie irgendwie Leid. Schließlich war eine Zurückweisung, egal, wie süß man sie verpackte, immer eine bittere Pille.

Nach dem Mittagessen rief Ginger an und verlangte für die Party seine Gitarre zurück. Ich musste eine flotte Ausrede erfinden, damit er keinen Verdacht schöpfte.

„Sie ist wieder wie neu", sagte ich, „ich bringe sie mit", was eigentlich weniger eine Ausrede als vielmehr eine faustdicke Lüge war.

Ich hatte nicht vorgehabt, Ginger von meiner Riesenpleite zu erzählen, denn das war ja eine Privatangelegenheit zwischen Bosie und mir, aber man kennt das ja: Wenn es etwas Neues gibt, gerät die Mundmuskulatur plötzlich außer Kontrolle. Und immerhin war Ginger ja mein bester Freund.

„Übrigens mach ich heute Abend Schluss mit Bosie", sagte ich ganz beiläufig.

„Echt?", fragte er – es klang gar nicht so erstaunt, wie ich erwartet hatte. „Ich hab gehört, dass sie mit dir Schluss macht."

„Was?!"

„Sharon und Darren haben's erzählt. Ich habe sie im Supermarkt getroffen."

„Oh, Scheiße!", rief ich voller Panik. „Bitte erzähl Bosie auf keinen Fall, was ich vorhabe, denn dann macht sie zuerst Schluss, und ich bin derjenige, der verlassen wird!"

Als hätte ich nicht schon genug gelitten, klingelte es ungefähr um drei an der Haustür. Mama und Papa hatten sich zu einem kleinen Mittagsschläfchen zurückgezogen, also musste ich aufmachen. Es war Tante Rene, immer noch im Sari und mit einer Zeitung unter dem Arm.

„Ist deine Mutter da?", fragte sie.

„Die beiden haben sich hingelegt", sagte ich. „Soll ich Mama wecken?"

„Ich dachte, sie ist bestimmt gespannt auf meine Neuigkeiten", sagte Tante Rene. Sie strahlte mich an, schob sich an mir vorbei und tänzelte in die Küche.

Ich klopfte an die Schlafzimmertür, und Mama und Papa kamen wie zwei aufgescheuchte Kaninchen herausgeschossen. Sie sahen aus, als hätten sie kein Auge zugemacht, und stolperten hastig die Treppe hinunter.

„Ich will nicht lange bleiben", verkündete Tante Rene atemlos. „Ich bring euch nur schnell eure Abo-Zeitung vorbei, damit Mr Patel sich den Weg sparen kann."

„Bist du denn gar nicht zu Hause gewesen?", fragte Mama.

Tante Rene errötete.

„Oh Babs", schwärmte sie. „Er ist einfach perfekt! Er hat tonnenweise Geld, besitzt einen eigenen Laden und ist der geborene Gentleman. Ramone und mir wird es nie wieder an etwas fehlen!"

„Außer an Grips", murmelte ich.

„Was meinst du denn damit?", fragte Mama. Papa zupfte seinen Bademantel zurecht.

„Ich hab ihn gefragt, ob er mich heiraten will", verkündete Tante Rene freudestrahlend.

Mamas Gesicht erstarrte. „Solltest du ihn nicht erst mal besser kennen lernen?"

„Der Mann, mit dem du dich getroffen hast, war Mr Patel?", rief ich verdattert.

„Ist das nicht wundervoll?", gurrte Tante Rene. „Nächste Woche ziehen wir bei ihm ein."

„Weiß er schon davon?", fragte Mama.

„Er hat gesagt, er muss noch darüber nachdenken", antwortete Tante Rene hastig. „Aber ich bin sicher, dass er nichts dagegen hat. Na ja, ich muss los! Meine indischen Kochbücher müssen dringend abgestaubt werden." Sie nahm ihre Tochter an die Hand und wirbelte aus dem Haus wie ein Tornado auf der Durchreise, der nur kurz bei uns hereingeschaut hatte, um alles durcheinander zu bringen.

Inzwischen war es vier Uhr, und um sieben musste ich bei Bosie sein. Die Tatsache, dass ich mitten im schönsten Partytrubel plötzlich ohne Freundin dastehen würde, beeinflusste meine Kleiderwahl. Irgendwann im Laufe des Abends würde ich wieder ein Single sein, bereit zu jagen oder gejagt zu werden. Also musste ich Vertrauen erweckend und knutschtauglich aussehen. Mein zerzaustes Haar mit den verwegenen Fransen über der Stirn verkündete Lässigkeit, und dementsprechend sollte die Kleidung sein.

Leider besaß ich keine richtig schicken Männerklamotten, aber nach einem raschen Blick in Papas Kleiderschrank hatte ich mein Outfit zusammen: eine echt abgefahrene Hose mit Dauerbügelfalten, ein dunkelrotes Hemd mit breitem Kragen, eine Fliege mit Blümchenmuster, eine flotte Sportjacke und ein Paar superpflegeleichte Schuhe mit elastischen Schnürsenkeln, Marke *„Ein kurzer Wisch, schon kommt der Glanz!"* Ein prüfender Blick in den Spiegel bestätigte mir, was ich längst wusste: *Du bist scharf statt brav, der absolute Sexymann, der überall und immer kann!*

Gegen halb sieben war ich startbereit und ging nach unten. Sherene schnüffelte lautstark, als ich die Küche betrat.

„Pfuuuh!", keuchte sie. „Du stinkss ja wie 'n Nutten-Pafföngschrank!"

220

„Sherene!", wies Mama sie zurecht. „So was sagt man nicht! Ich finde, du duftest sehr angenehm, Rübchen."

„Danke", sagte ich. Es war eine raffinierte Mischung aus Papas Rasierwasser, Mamas Deostift, Pfefferminzzahnpasta, Mundwasser, Lynx-Körperspray für Männer, Atem-Frisch-Bonbons und einem Anti-Fußschweißpuder für Sportler, den ich mir großzügig in die Socken gekippt hatte. Für diese Nacht waren alle Körpergerüche sorgsam übertüncht. Ich ging kein Risiko ein, jede Hautpore war absolut dicht.

„Und wie gut du aussiehst, Rübchen, genau wie dein Vater", sagte Mama lächelnd. „Komm, und gib Mami einen Schmatzer!"

„Mama!", jaulte ich und verzog das Gesicht, als hätte sie mich zum Geschirrspülen verdonnert.

„Sei nicht albern, Rübchen. Du hältst dich vielleicht für einen Mann, aber für mich wirst du immer mein süßer kleiner Junge bleiben." Ich hing schlaff wie eine Gliederpuppe in ihren Armen, während sie mich an ihren Busen drückte. „Na also, das hat doch nicht wehgetan, oder?"

„Soll ich dich hinfahren?", fragte Papa. Alle waren so nett zu mir – höchst beunruhigend.

„Nein, ich laufe lieber", wollte ich gerade sagen, aber er hatte schon die Autoschlüssel in der Hand. „Nur wenn du mich vor der letzten Ecke rauslässt", sagte ich. Papa lächelte mich an, als hätte er sich selbst in mir wiedererkannt oder so was.

„Mein Sohn, ich liebe dich wirklich", flüsterte er. „Ist in Ordnung, ich verstehe dich. Du willst zu Fuß gehen."

„Danke", sagte ich und verdrückte mich eilig, bevor er in Tränen ausbrechen konnte.

Als ich an Mr Patels Laden vorbeikam, blieb ich erstaunt stehen. Die Ladentür war bis obenhin mit Brettern vernagelt, und im Fenster hing ein handgeschriebener Zettel mit der Aufschrift: *An alle meine Kunden. Mache einen längeren Urlaub. Weiß noch nicht, wann ich zurückkomme. Frohe Weihnachten! Mr Patel.*

Wie merkwürdig, dachte ich. Mr Patels Laden hatte sonst nie geschlossen. Was war der Grund?

In diesem Moment schlüpfte eine unauffällige Gestalt mit einem verbeulten Koffer in der Hand aus der Seitentür des Ladens.

„Mr Patel!", rief ich, worauf er vor Schreck fast einen halben Meter in die Höhe schoss. Als ich zu ihm hinüberlief, suchte er die Straße fieberhaft nach einem Fluchtweg ab. Aber ich war schneller. „Wo wollen Sie denn hin?"

„Höchst dringende Geschäfte in Indien", antwortete er und schielte mit gesenktem Kopf die Straße hinunter.

„Und wann kommen Sie zurück?"

„Schwer zu sagen", erwiderte er und hob langsam den Kopf, um meine Reaktion zu testen.

„Hat das vielleicht was mit Tante Rene zu tun?" Seine Augen begannen, hektisch hin und her zu flattern wie zwei blau schillernde Schmeißfliegen zwischen den Scheiben eines Doppelfensters.

„Versteh mich bitte nicht falsch", flüsterte er. „Sie ist eine sehr ehrenwerte Dame, Johnny, aber sie hat letzte

Nacht einen schweren Anfall von Heiratsangst bei mir ausgelöst. Ich bin plötzlich völlig sicher, dass ich lieber ledig bleibe!"

„Sie ergreifen also die Flucht?"

„So umständlich würde ich es nicht ausdrücken, aber es stimmt", sagte er. „Bitte verrate ihr nicht, wo ich bin, und bestell ihr meine allerdemütigsten Entschuldigungen. Ich bin einfach zu feige für sie."

„Unter uns", sagte ich. „Ich glaube, dass Sie die richtige Entscheidung getroffen haben."

„Ich danke dir", erwiderte Mr Patel. In seiner Stimme schwang eine Spur Erleichterung mit. „Nun muss ich mich beeilen, damit ich nicht das Flugzeug verpasse. Auf Wiedersehen." Er wollte losgehen, drehte sich aber plötzlich noch einmal um und schüttelte mir die Hand. „Alles Gute für dich, Johnny Casanova. Mein Herz ist ganz erwärmt, weil ich dich vor meinem Abschied noch mal gesehen habe. Namaste!" Dann verneigte er sich und eilte die Straße hinunter. Dabei warf er misstrauische Blicke um sich, falls Tante Rene irgendwo auf der Lauer lag, um sich mit einem Ehering auf ihn zu stürzen. Mr Patels Entschluss, den Traum vom Eheglück aufzugeben und Tante Rene zu verlassen, bestätigte mir, dass ich genau das Richtige tat: Ich musste Bosie loswerden.

Es wurde schon dunkel, als ich den Gartenpfad zu Bosies Haus hinaufging. Die Tür war hübsch verziert mit einem goldenen Löwenkopf, der einen Reifen im Maul hatte, aber ich fand nirgends eine Klingel. Mr Cricket öffnete mir im schwarzen Smoking, nachdem ich mich durch lautes Hämmern bemerkbar gemacht hatte.

„Bitte entschuldigen Sie", sagte ich grinsend. „Ich hab den Klingelknopf nicht gefunden."

Bosies Vater schien nicht sehr erfreut zu sein. „Du brauchst nicht gleich die Tür einzutreten", knurrte er und deutete auf den Löwenkopf. „Wir benutzen hier einen Türklopfer!"

Hinter ihm tauchte Bosie auf. Ich erkannte sie kaum wieder. Ihr Haar wurde von einem dunkelblauen Band zurückgehalten, und sie trug ein braves Kleid aus Flanell mit einem gerüschten Spitzenkragen, in dem sie wie ein kleines Mädchen aussah.

„Ist Ihre Klingel denn schon länger kaputt?", erkundigte ich mich höflich, während Bosies Vater mit Nachdruck die Tür schloss.

Bosie lachte nervös. „Der Johnny sagt immer so lustige Sachen, Papa", kicherte sie. „Er ist ein richtiger Witzbold."

„Ich merke es", brummte Mr Cricket.

Mrs Cricket kam in einem langen schwarzen Kleid mit wehender Schleppe durch die Eingangshalle auf mich zugeschwebt.

„Na, hier ist ja reichlich Platz zum Möbelrücken!", sagte ich zu Bosie und sah mich neugierig um.

„Wie bitte?" Mrs Cricket hob fragend eine Augenbraue.

„Sei still!", flüsterte Bosie mir wütend ins Ohr.

„Gehen deine Eltern auf eine Beerdigung?", flüsterte

224

ich zurück. Statt zu antworten, packte Bosie meinen Arm und schob mich in Richtung Garderobe. Mr und Mrs Cricket warfen uns misstrauische Blicke zu.

„Ich hab ihnen gesagt, dass vier nette, gut erzogene Freunde zum Abendessen kommen – also benimm dich gefälligst!", wies Bosie mich leise zurecht.

„Wieso, du hast mir doch erzählt, sie sind so tolerant?"

„Dann habe ich eben gelogen!", zischte sie.

Sehr überrascht war ich nicht.

Ich folgte Bosie ins Wohnzimmer, wo ihre Eltern schon im Mantel herumstanden und warteten.

„Jetzt, wo du da bist, Johnny, können wir ja gehen", sagte Mrs Cricket.

Mr Cricket trat einen Schritt vor und sah mir prüfend in die Augen. „Hier wird nicht so viel ferngesehen!", knurrte er. „Und Finger weg von unserer Bar! Oben hast du nichts zu suchen, und der Flügel im Salon wird nicht berührt – ich will keine Fettflecken finden!"

Ich verkniff mir die Frage, ob das Benutzen der Toilette erlaubt war.

„Solltet ihr nicht lieber aufbrechen, Mama?", fragte Bosie mit Leidensmiene.

„Ich denke, doch", erwiderte Mrs Cricket.

„Wir kommen erst spät zurück", betonte Mr Cricket. „Vergiss nicht, das Geschirr abzuwaschen."

„Einen schönen Abend, mein Schatz", hauchte Mrs Cricket und küsste ihre Tochter zum Abschied auf die Wange. „Auf Wiedersehen, Johnny!"

„Auf Wiedersehen", sagte ich.

Sie verließen das Zimmer, und dabei merkte ich deutlich, dass Mr Cricket mir nicht traute, denn er bedachte mich mit einem bösen Blick, als wäre ich des Teufels satanischer Sohn, der in sein Haus eingedrungen war, um die Seele seiner Tochter zu rauben. Ganz offensichtlich war der Eindruck, den ich auf Bosies Eltern gemacht hatte, eine absolute Katastrophe.

Als ich endlich wieder wagte, mit Bosie zu sprechen, klang meine Stimme wie die einer Maus im Mixer.

„Es tut mir Leid!“, piepste ich. „Ich konnte doch nicht ahnen, wie deine Eltern sind. Du hättest mich warnen müssen!“

„Ich habe angenommen, dass du intelligent genug bist, es dir zu denken!“, blaffte sie. „Los, lass uns die Möbel umstellen.“ Schweigend schoben wir Sofas und schleppten Stühle. Ich sah Bosie die ganze Zeit an und hoffte, dass sie meine Gedanken las. Wenn wir den Kuss vor Beginn der Party hinter uns brachten, könnte ich Schluss mit ihr machen, bevor die anderen kamen. Und danach könnte ich mich noch ein bisschen amüsieren. Andererseits wollte ich aber keinen Streit. Bosie sah wütend genug aus, um mir an die Gurgel zu springen. Also schwieg ich lieber und spitzte die Lippen für den Fall, dass sie einen Kuss wollte. Sie wollte keinen.

Wir räumten die Bar aus, drehten die Hälfte aller Glühbirnen aus ihren Fassungen und legten den Boden mit Zeitungspapier aus, damit der Teppich nicht leiden würde. Danach ging Bosie nach oben, um sich umzuziehen. Sie kam in einem weißen Minilederrock zurück, der so

226

kurz war, dass ich mich umdrehen musste, während sie die Treppe hinunterhüpfte. Darüber trug sie ein enges T-Shirt, das an den Seiten von roten Kordeln zusammengerafft wurde, wodurch eine ganze Menge Haut zu sehen war. Ihre Haare hingen offen herunter, und sie stakste auf derart hochhackigen Schuhen durch die Gegend, dass, falls sie umknickte, ein rettender Ausfallschritt unmöglich gewesen wäre.

Nach und nach trafen die ersten Gäste ein, mit Dosenbier und Billig-Cidre. Bosie wankte zur Tür, ließ voll die verruchte Gastgeberin raushängen, warf beide Arme in die Luft und kreischte wie ein Brüllaffe, damit es ungefähr so wirkte, als sei sie verrückt vor lauter Freude. Ich sah sie mindestens eine halbe Stunde lang nicht wieder. Inzwischen war der Teufel los.

Es war die reinste Schlangengrube. Wilde Dschungelmusik donnerte durch die Räume wie die Druckwelle einer Wasserstoffbombe und ließ die Wände erzittern. Menschliche Körper zappelten im Dunkeln, Beine hingen von Sofas herab, Arme wedelten hinter Türen, und Zungen waren leidenschaftlich im Einsatz. Es wurde so viel geknutscht, dass niemand Zeit zum Reden hatte – außer mir. Bosie vermied es, mir zu begegnen, verließ den Raum, wenn ich hereinkam, drehte den Kopf weg, wenn ich sie ansah, und tat so, als würde ihr gerade was im Ofen anbrennen, wenn ich es schaffte, dichter an sie ranzukommen. Die Luft zwischen uns war so dick, dass man sie mit Messern schneiden konnte. Auch andere schienen etwas davon mitzukriegen. Und Sharon und

Darren hatten offenbar den Auftrag, mich von Bosie fern zu halten, denn sie verfolgten mich auf Schritt und Tritt.

„Was fällt dir ein, Bosie so zu nerven?", knurrte Sharon mich an.

„Ich hab doch gar nichts getan!", brüllte ich, um die Musik zu übertönen. „Ich hab sie nicht mal angerührt."

„Aber nur, weil du's nicht geschafft hast!", schnauzte Darren.

„Was meinst du denn damit?"

„Sie hat uns alles erzählt!", kreischte Sharon. „Über deine Tatschereien und wie du sie voll gelabert hast. Wie schwer es für sie ist, dich abzuwimmeln, und dass du immer angehechelt kommst wie ein Hund. Du müsstest echt eingeschläfert werden!"

Ich rang nach Atem. „Hat sie das gesagt?", keuchte ich. „Das ist ein Lüge!"

„Ach, jetzt nennst du sie also auch noch eine Lügnerin!", rief Darren. Das sollte mich offenbar einschüchtern, aber ich konnte ihn einfach nicht ernst nehmen, jedenfalls nicht in seinem Boy-Group-Outfit: Er trug enge Jeans und ein weites Hemd, das bis zur Taille offen war, sodass man seine Brustwarzen sah.

„Nein", sagte ich. „Ich lüge nicht, Darren – aber du lügst die ganze Zeit, wenn du mit Sharon zusammen bist." Er kapierte nicht, was ich meinte. Genauso wenig wie Sharon. Ehrlich gesagt wusste ich es selber nicht so genau, aber es klang echt superschlau, fand ich.

Mit diesem Knaller ließ ich Bosies Bodyguards betroffen stehen und machte mich auf die Suche nach Ginger –

ich hatte ihn ein paar Minuten zuvor hereinkommen sehen.

Es war nicht schwer, Ginger zu finden. Man musste bloß nach Mädchen Ausschau halten, denn Ginger war wie der Rattenfänger von Hameln. Er stand auf einem Tisch und führte gerade einen Osaekomiwaza vor, umringt von etwa zwanzig Zuschauerinnen. Sie lagen ihm zu Füßen, beklatschten jeden Pieps, den er von sich gab, und brachen in Gelächter aus, als er sich auf den Rücken fallen ließ und mit den Beinen in der Luft strampelte.

Ich bahnte mir einen Weg durch die Menge, stieß prompt mit Timothy und Alison zusammen und schlug ihr dabei aus Versehen ein Glas Orangensaft aus der Hand. Timothy starrte mich wütend an, aber schließlich war es ja nicht meine Schuld, dass sie dort herumstanden wie ein alterndes Ehepaar. Sie waren die Einzigen auf der Party, die nicht tanzten oder knutschten (außer mir natürlich).

Ginger sprang vom Tisch, als er mich entdeckte, griff sich eine Dose Bier und kam zu mir herüber.

„Und, hast du's getan?", fragte er.

„Was denn?"

„Mit ihr Schluss gemacht."

„Nein, ich komm gar nicht an sie ran. Es sind zu viele Leute da."

„Jetzt lass dich mal nicht hängen", sagte er. „Du siehst aus, als ob dir der Himmel auf den Kopf gefallen wär. Das hier ist eine Party!" Das war mir klar, und ich wäre auch gerne in Partystimmung gewesen – aber es ging einfach nicht.

„Tja, das war's dann ja wohl mit meiner wilden Knutscherei", sagte ich wehmütig.

Ginger nickte und deutete auf die Mädchen, die in der Küche standen. „Ich kann dir ja eine leihen, wenn du willst." Er grinste. „Apropos leihen – hast du sie mitgebracht?"

„Wen denn?", fragte ich.

„Die Gitarre!"

„Ach, die Gitarre!" Ich schluckte. „Tut mir Leid, Kumpel, aber ich hab sie vergessen."

Ginger sah mich scharf an. „Das ist jetzt schon die dritte Ausrede", sagte er. „Du hast sie demoliert, stimmt's?" Offenbar war diese Nacht dazu bestimmt, unangenehmen Wahrheiten ins Auge sehen zu müssen.

„Nur ein bisschen", verteidigte ich mich. „Es war wirklich keine sehr starke Explosion."

Gingers Antwort dagegen hatte eine wirklich starke Explosion in meiner Magengrube zur Folge. „Ich dachte, Tai Chi macht dich innerlich ruhiger und ausgeglichener!", keuchte ich.

„Soll ich dir mal einen Genickschlag zeigen?", fauchte er. Seine Augen sprühten Funken vor Wut.

„Alter, es war ein Unfall", erklärte ich. „Ich war's nicht. Jemand anders hat einen Eimer Wasser über der Gitarre ausgegossen. Ich bau dir eine neue."

„Du *baust* mir eine neue?"

„Aus einem alten Schildkrötenpanzer", sagte ich schnell, weil mir nichts Besseres einfiel.

„Na, so ein Glück!", zischte Ginger wütend. „Zufällig

230

liegt gerade noch ein alter Schildkrötenpanzer bei mir rum. Vielleicht schreib ich schon mal an den Heimwerker-Verein und bestelle eine Bastelanleitung!"

„Gute Idee", sagte ich, aber Ginger war nicht zu Scherzen aufgelegt.

„Ich will eine neue", sagte er. Dann ließ er mich stehen. Aber gleich darauf kam er wieder zurück wie ein Hund, der dir einen Knochen vor die Füße legen will. „Und was ich noch sagen wollte: Ich wette, ich weiß, was du da unter deinem Pflaster versteckst – den allergrößten, megafiesesten Eiterpickel, den's je gegeben hat!"

Bis dahin war ich noch ganz cool geblieben, wenn ich an den Pickel dachte. Ich war allen Spiegeln und spiegelnden Oberflächen aus dem Weg gegangen, damit eine Gegenüberstellung mich nicht in einen Strudel aus Depressionen zog. Ich hatte weder an dem Krater rumgedrückt noch gezogen, ich hatte mir auch nicht den Hals verrenkt, um nachzusehen, ob er vielleicht schon verschwunden war. Aber jetzt, als Ginger mich daran erinnerte, dass mein Mega-Mitesser alle Rekorde brach, konnte ich an nichts anderes mehr denken. Er fühlte sich an wie eine großer, garstiger, lebendiger Golfball.

Ich zog gerade ernsthaft in Erwägung, früher als geplant nach Hause zu gehen, da stieß mich Sharon von hinten an. Sie hatte mir etwas zu sagen, und nichts und niemand konnte sie aufhalten.

„Vielleicht magst du mich und Darren nicht", meinte sie. „Aber das macht uns nichts aus, denn wir mögen dich genauso wenig. Aber damit du's weißt: Bosie kann dich auch nicht leiden. Sie findet, dass du ein mieser Lügner bist!"

Das saß.

„Ist mir egal", log ich, zu Tode getroffen. „Ich kann sie nämlich auch nicht mehr leiden."

„Na toll", sagte Sharon. „Du bist ja echt ein richtiger Gentleman, Johnny. Ich geh und sag's ihr!"

Jetzt hatte ich alles verpatzt. „Nein, lieber nicht", rief ich ihr hinterher, doch sie war in Windeseile verschwunden.

Ich wollte ihr folgen, aber Cecil rannte mich um. Er hatte reichlich Bier intus und fand sich offenbar so langsam sexy. Torkelnd betrat er die Küche, wankte zu Daisy hinüber und schüttelte ihr die Hand.

„Hallo, Alice. Ich bin Cecil", verkündete er. „Findest du mich nett?"

„Ich bin nicht Alice, ich bin Daisy!", erwiderte Daisy trocken.

„Willst du mit mir tanzen?", fragte Cecil. Daisy sah sich Hilfe suchend nach ihrer Schwester um.

„Hallo, Daisy!", rief Cecil. „Und du? Findest du mich nett?"

„Das ist Alice!", schnauzte Daisy. „Hau ab! Ich gehe mit Ginger." Cecils breites Lächeln erstarrte, sein Mund sah aus wie die ausgeschnittene Fratze einer Kürbislaterne.

„Aber ich finde euch nett", brachte er mühsam heraus. „Alle beide."

„Komm schon, Cecil", tröstete ihn Ginger. „Es gibt

hier doch noch einen Haufen anderer Mädchen." Aber das Bier verwandelte Cecil in ein eifersüchtiges Monster. Plötzlich kam seine ganze Wut zum Vorschein, und er wollte sich rächen.

„Dich krieg ich!", zischte er leise. Daisy und Alice machten sich über ihn lustig und taten, als ob sie sich zu Tode ängstigten. „Ich hab keine Lust mehr, immer nur nett und höflich zu sein!", schrie Cecil. „Ihr seid doch alles blöde Scheine ... äh, Schweine!" Und er warf den Kopf zurück und stapfte die Treppe hinauf, die Augen hinter den Brillengläsern funkelten vor lauter Wut und Empörung.

War denn die ganze Welt verrückt geworden? Auf jeden Fall geriet sie ein bisschen aus den Fugen, als ich sah, wie Sharon sich Bosie schnappte und ihr hinter vorgehaltener Hand etwas ins Ohr flüsterte. Bosie warf mir einen giftigen Blick zu, der mir das Blut in den Adern gerinnen ließ. Jetzt wusste sie Bescheid. Sharon hatte es ihr gesagt.

Ich konnte den Kuss endgültig vergessen, das spürte ich sofort. Der reine Selbsterhaltungstrieb meldete sich bei mir: Der einzige Ausweg für mich war, mit Bosie Schluss zu machen, bevor sie mit mir Schluss machen konnte. Wenn hier jemand verlassen wurde, dann war sie es! Mein Magen schlug Purzelbäume, während ich mir in aller Eile einen Plan zurechtlegte. Es musste ein kurzer Schlag sein, zack und weg wie beim Geiselbefreiungs-kommando.

Im Wohnzimmer gelang es mir, sie festzunageln – mit

dem Rücken zu dem Regal, auf dem Mrs Cricket ihre Porzellanfigurensammlung aufbewahrte.

„Hi", brummte ich.

„Ich hab dir was zu sagen", unterbrach sie mich eiskalt. Ich erstarrte. „Etwas Wichtiges." Die Art, wie sie die Worte betonte, ließ mir die Eingeweide gefrieren. Sie wollte vor mir Schluss machen, kein Zweifel! Das war nicht geplant. Das ging doch nicht. Das konnte sie doch nicht ... Und ob! Ihr Gesicht sah aus, als hätte sie in eine Zitrone gebissen. Jetzt musste ich blitzschnell reagieren, um eine öffentliche Demütigung zu verhindern.

„Ich habe dir auch etwas Wichtiges zu sagen", krächzte ich schwach. „Ich glaube, es hat keinen Sinn."

„Was hat keinen Sinn?", fragte sie. „Das mit uns?"

„Genau."

„Das glaube ich auch", erwiderte sie mit grausamer Offenheit. Mir war, als schwebte ein schreckliches Henkersbeil über mir. Mein Magen zog sich zusammen, meine Hände begannen zu schwitzen, meine Augenlider zuckten, und ich plapperte das Erstbeste dahin, um den unvermeidlichen tödlichen Hieb hinauszuzögern.

„Möchtest du tanzen?"

„Hör zu, versteh mich bitte nicht falsch ...", sagte sie.

„Oh, aber das tue ich", schnatterte ich, während ich innerlich in meine Einzelteile zerbrach.

„Aber ..."

„Ich weiß schon, was du sagen willst", unterbrach ich sie. Ich musste die furchtbaren Worte als Erster aussprechen. Ich musste derjenige sein, der Schluss machte!

„Aber ich möchte nicht mehr mit dir gehen", sagte sie in einem Tonfall, der mir das Gehirn sprengte und alle meine Sinne ausschaltete. Dieses Luder hatte gewonnen!

„Das ist nicht fair", stöhnte ich. Das leere Gefühl der Verzweiflung überwältigte mich.

„Du wolltest doch auch Schluss machen", verteidigte sie sich, und plötzlich wurde mir klar, dass ich die ganze Macht hatte, wenn ich den Verletzten spielte. Sie würde sich mies fühlen, wenn ich litt. Zum ersten Mal während unserer Beziehung hatte ich sie in der Hand. Ich übernahm das Steuer.

„Nein, das wollte ich nicht", sagte ich. „Ich wollte dich fragen, ob wir heiraten, aber das ist jetzt ja auch egal."

Sie lachte. „Mach dich nicht lächerlich!"

„Ach, jetzt mache ich mich auch noch lächerlich, ja? Vielen Dank. Erinnere mich dran, dass ich einen roten Kopf kriege, wenn wir uns das nächste Mal begegnen."

„Jeden Tag trennen sich tausende von Leuten!", sagte sie wütend. Das schlechte Gewissen begann zu wirken.

„Na, dann bin ich ja wenigstens nicht der Einzige auf der Müllhalde", erwiderte ich und zog die Nase hoch, um eine dicke Krokodilsträne zurückzuhalten. „Ich hoffe, du bist zufrieden, Bosie. Du schnappst dir einen Menschen, stellst sein Leben völlig auf den Kopf, quetschst alles raus, was du kriegen kannst, und schmeißt ihn dann weg wie einen alten Lumpen. Ich hoffe, dass du heute Nacht gut schlafen kannst." Das war viel besser als ein Kuss. Ich genoss meine Macht. „Und außerdem wollte ich dich sowieso nie küssen!" Es war nur als beiläufige Bemerkung gemeint, entpuppte sich aber als großer Fehler, denn Bosie brach in Tränen aus. Nun verlor ich die Kontrolle. Ich begann rumzuhampeln und flehte sie an aufzuhören. Keiner tanzte mehr. Das Zimmer war auf einmal hell erleuchtet, und alle starrten uns an, besonders Sharon, Darren und Neandertaler Timothy, der noch immer nach einer Gelegenheit suchte, um mir den Badehosenklau heimzuzahlen. Mit bebenden Nüstern stürmte er auf mich zu und schubste mich an den Getränkewagen, der unter meinem Gewicht umkippte. Warmer Cidre ergoss sich über mein Haar.

„Du hast Bosie zum Weinen gebracht!", brüllte er mit Donnerstimme. „Niemand bringt die Gastgeberin zum Weinen, ist das klar?!"

„Mir geht es schon wieder gut", mischte sich Bosie ein. Ihre Heulerei war vorbei, und sie lächelte triumphierend. Also hatte sie auch nicht wirklich geweint! Alles war nur vorgetäuscht, genau wie bei mir. Was passierte da mit uns? Beide spielten wir dem anderen bloß etwas vor, um uns gegenseitig weh zu tun. Liebe und Hass gehörten zusammen, das wurde mir in diesem Moment klar. Sie waren wie zwei Seiten derselben Münze.

Liebe und Hass

Ich kaufte eine Traube süßen Weins
für eine Münze wahrer Liebe.
Doch als ich das Wechselgeld bekam,
stand Hass darauf geschrieben ...
Und die Trauben wurden sauer.

(Johnny Casanova – der verliebt war und teuer dafür bezahlen musste)

„Ich würde dir keine Träne nachweinen, Johnny Worms, und wenn du der letzte Mensch auf Erden wärst!", rief Bosie höhnisch. Es wurde immer schlimmer. Wie konnten wir in diesem Moment der Trennung so die Kontrolle über uns verlieren?

An der Haustür brach ein Tumult los.

„Lasst mich durch!", rief eine Mädchenstimme. Mein Herz machte unwillkürlich einen kleinen Sprung, wie das erste Flattern eines jungen Vogels. Und das sogar, bevor ich sah, wer es war. Ich wusste es einfach. Es war Kim.

Sie drängte sich durch die Menge, baute sich hinter Bosie auf und stemmte die Hände in die Hüften. Ich fühlte mich schwach und glücklich zugleich. In ihrer schwarzen Lederhose und der Nietenjacke sah sie einfach fantastisch aus. Kim tippte Bosie an den Arm. „Lass ihn in Ruhe", sagte sie. „Du hast deinen Spaß gehabt ... und jetzt zieh Leine!" Ich war echt geplättet. Sie verteidigte mich!

Bosie versetzte ihr einen Stoß und schob ihr Gesicht

237

dicht an Kims heran. „Im Irrenhaus warten sie schon auf dich!", sagte sie spöttisch.

Als Antwort auf diese Beleidigung stieß Kim Bosie zurück. Ein Murmeln ging durch die Menge. Die Musik wurde abgedreht. Die Tanzenden wichen bis zu den Wänden zurück und ließen in der Mitte Platz. Es war wie in einem Western. Bosie griff zuerst an, krallte sich in Kims Haar fest und zog ihr den Kopf nach hinten.

Kim lachte bloß. „Du hast es so gewollt", sagte sie, packte Bosies Armgelenk und drückte zu, bis Bosie ihren Griff lockerte. Dann drehte Kim ihr den Arm auf den Rücken, bis unsere Gastgeberin auf die Knie fiel und um Gnade flehte.

Dummerweise schaltete sich in diesem Moment Sharon ein und eilte Bosie zu Hilfe. „Lass meine beste Freundin in Ruhe!", brüllte sie und griff Kim von hinten an. Kim fiel nach vorne und knallte voll in Timothy hinein, der prompt über mich stolperte. Im Nu war Kim wieder auf den Beinen, ihre Augen sprühten vor Zorn, und sie ging mit geballten Fäusten auf Bosie und Sharon los.

„Kim, hör auf!", schrie ich unter Timothys schwitzenden Körpermassen hervor. Ich boxte ihn an der Stelle, die am wenigsten Sonne bekam, und rollte ihn von mir herunter. „Hört auf, alle miteinander!"

Eine richtige Frauenschlacht war entbrannt. Bosie zog Kim an den Ohren, Kim ließ ihre Fäuste wie zwei Vorschlaghammer auf Sharon niedersausen, die mit ihren hochhackigen Schuhen um sich trat und nach Darren schrie, damit er ihr half. Aber Darren wollte sich für

238

nichts und niemanden die Brustwarzen langziehen lassen. Da bemerkte ich, dass Timothy inzwischen schon wieder auf den Beinen war und mit der Faust nach mir ausholte.

„Duck dich!" Ginger warf sich auf den Boden, schlitterte auf Timothy zu und riss ihm die Beine unter dem Körper weg, ehe er mir die Nase zu Brei schlagen konnte.

„Respekt!", sagte ich und grinste meinen besten Kumpel an.

Sein Einsatz schien ihm Spaß zu machen. „Ich konnte doch nicht zulassen, dass man dich platt macht!", schrie er fröhlich – da mischte sich Alison in die Schlägerei ein, um ihren Verlobten zu verteidigen. Sie rammte Ginger ihre Schulter in die Seite wie ein Mittelfeldspieler. Er krachte seitlich in Darren hinein, dem Sharon inzwischen gedroht hatte, dass sie ihn nicht mehr lieben würde, wenn er sich nicht endlich bequemte mitzumachen. Aber er bekam keine Chance dazu, denn Gingers Gewicht warf ihn um, wodurch Darren mit dem Kopf gegen Timothys Kopf knallte, der mich gerade von der Seite angreifen wollte. Mit einem grässlichen Knochengeknirsche krachten ihre beiden Dickschädel aufeinander. Ich rief nach Ginger, damit er mich unter den zwei bewusstlosen Körpern hervorzog, aber er war gerade mit Kims Rettung beschäftigt, die sonst von Bosie und Sharon im Doppelpack zusammengeschlagen worden wäre. Unglücklicherweise löste Gingers ritterlicher Edelmut einen riesigen Eifersuchtsanfall bei Alice und Daisy aus. Die beiden gingen auf Kim los wie eine Rakete mit Zwillingssprengkopf und schlugen sie Ginger förmlich aus den Armen.

Das Eingreifen der Rosenmädchen löste eine Kettenreaktion aus, und nun stürzte sich auch noch der Rest von Gingers Harem ins Kampfgetümmel, aus Angst, Ginger könne sich von ihnen abwenden, wenn sie nicht zu seiner Rettung eilten. Leider stürzten sie sich aber nicht auf Bosies Bande, sondern verprügelten sich gegenseitig. Sie spürten, dass dies endlich eine Gelegenheit war, ihren Wettstreit zu entscheiden. In einem wilden Haufen wälzten sie sich über den Boden, zappelnd wie Maden in einem Anglereimer.

Cecil hatte bis dahin verdrossen auf dem Sofa gehockt, aber der Anblick so vieler Mädchen, die sich ihm zu Füßen warfen, entflammte seine männliche Leidenschaft. „Ich liebe euch alle!", schrie er und warf sich obendrauf. „Wer von euch will mit mir gehen?" Unglücklicherweise rutschten in dem ganzen Getümmel seine Ärmel hoch, sodass sein Ausschlag zu sehen war. Charlotte Sykes war die Erste, die damit in Berührung kam. Sie begann zu kreischen und löste damit eine Kettenreaktion aus. Die ganze Meute krempelte sich einmal von innen nach außen, und dann fielen alle zusammen wütend über Cecil her. Es war die reinste Massenhysterie. Cecil brüllte sich die Lungen aus dem Leib.

Ich kroch unter Timothy und Darren hervor und taumelte genau auf Bosie zu. „Ich hasse dich!", heulte sie und verpasste mir eine glühende Ohrfeige auf die rechte Wange.

„Und ich hasse dich, weil sie dich hasst!", kreischte Sharon, drehte meinen Kopf in die günstigste Position und verpasste mir eine Ohrfeige auf die andere Wange. Dabei rissen ihre Finger mir dummerweise das Pflaster vom Kinn. Augenblicklich war der Kampf beendet, und die beiden Furien starrten mit offenem Mund auf meinen auslaufenden Pickel. Ihr entsetzter Blick setzte meinem Leid die Krone auf. Ich musste sofort hier weg!

Ginger rettete mich. Er brach durch die Menge wie Bruce Lee und bahnte uns einen Weg zur Verandatür, indem er alle, die uns in die Quere kamen, über die Schulter warf oder ihnen die Beine unterm Hintern weg-zog.

„Ich hab dir doch gesagt, dass Judo was bringt!", rief er mir zu – da schlug Bosie ein Rad in seine Richtung, traf ihn mit einem ihrer hochhackigen Schuhe, und er ging k.o. zu Boden.

Ich wankte durch das Chaos von Körpern und fiel durch die Verandatür hinaus in den Garten. „So ist das also mit der Liebe", murmelte ich verbittert, während sich die Terrassentür hinter dem Kampfgetümmel schloss. Mein Herz war mir schwer wie ein Sack Kohlen. Alle meine Partyträume waren zerplatzt. Ich hatte mich nach Bosies Wünschen geändert, und auch das hatte nichts gebracht. Ich zog mich vom Markt zurück. Schluss mit Freundin-nen. Ab jetzt musste ich mich mit Duschprospekten zu-frieden geben. Ich rutschte von der Terrassenmauer hi-nunter und stöhnte auf wie Dracula, der sich mit müden

Knochen aus seinem Grab erhebt. „Peng, peng, peng, peng, peng, peng", jammerte ich und ließ meinen schwachsinnigen Schädel gegen die Handflächen knallen.

Wie ich mich fühle

Schwer wie Blei vor Traurigkeit,
Kopf ganz leer vor lauter Leid.
Wie ein implodierter Stern,
ausgebrannt bis auf den Kern.

(Johnny Casanova – Gefangener im endlos trostlosen Hier und Jetzt)

Jemand schlenderte im Dunkeln über den Rasen.

„Wer ist da?", fragte ich.

Kim trat vor ins Licht. „Ich habe dich gesucht", murmelte sie.

„Bist du verletzt?"

„Nur ein paar Kratzer. Was tust du denn hier draußen?"

„Ich lecke meine Wunden", sagte ich. Kim legte fragend den Kopf zur Seite und kam näher. „Ich hatte so viel zu bieten, aber Bosie wollte nichts davon haben."

Ich hob den Kopf und brachte nur ein jämmerliches Lächeln zustande. Kim war so unglaublich schön, dass mir plötzlich wieder einfiel, wie ich selbst aussah. „Tut mir Leid", jammerte ich. „Dieser Pickel ist einfach widerlich."

Sie hob die Hand, um mich zum Schweigen zu bringen.

242

„Ich hab gar nicht hingeguckt", sagte sie mit einer Stimme, die mir wie flüssiger, warmer Honig den Rücken hinunterrann.

„Aber ich bin nicht perfekt", murmelte ich, als ihre Nase mein Gesicht streifte.

„Musst du auch gar nicht", flüsterte sie. „Ich mag dich genau so, wie du bist." Meine Zehen kribbelten, als ihre Lippen meinen Mund berührten, und plötzlich wollte ich an keinem anderen Ort auf der Welt sein, nur dort in diesem Garten mit Kim, genau in diesem Augenblick.

Warum bloß war sie mir früher nie aufgefallen? Ich befand mich im siebten Himmel. Und dann klinkten wir uns aus der irdischen Zeit aus und erlebten eine erdbebenmäßige, süße, sagenhafte Supersensation: Wir knutschten, dass die Nackenwirbel krachten!

Der Kuss

Warten,
Wollen,
Testen,
Tasten,
Berühren und Erschauern.
Weichheit,
Gleichheit,
Zartheit,
Einheit,
lass es ewig dauern!

(Johnny Casanova – sprachlos ...)

Der nächste Morgen

Es war nicht einfach nur ein Kuss. Kim zu küssen ließ mich vergessen, wer ich war und warum ich mich vor einer halben Stunde noch so mies gefühlt hatte. Es war wie eine heilende Zaubersalbe, die die raue Wirklichkeit viel sanfter machte. Es war wie ein Traum. Es war wie Ertrinken in flüssiger Schokolade. Es war ... es war so, wie ich mir Liebe immer vorgestellt hatte.

Als wir wieder hineingingen, war Bosie schon dabei, in Windeseile aufzuräumen. Ihre Eltern konnten jede Sekunde zurück sein, und das Haus sah aus, als hätte eine wild gewordene Planierraupe darin gewütet. Ich glaube, Kim und ich müssen eine echt scharfe Ausstrahlung gehabt haben, denn alle hielten plötzlich inne und starrten uns an wie Hollywoodstars – als wären wir Bruce Willis und Demi Moore oder so. Aber wir wollten gar nicht besonders toll sein – wir waren einfach wir, und mir war völlig egal, was die anderen dachten. Ich schwebte dahin wie ein Adler und musste die ganze Zeit lachen. Vor uns teilte sich die Menge ungefähr so wie das Rote Meer vor Moses und seiner Frau, und gemeinsam schritten wir zur Haustür, wo wir Bosie noch einmal über den Weg liefen.

„Tschau, Bosie", sagte ich ruhig. „Kim und ich gehen jetzt." Sie starrte mich mit einem Blick an, den ich nie zuvor bei ihr gesehen hatte – als ob ich plötzlich begeh-

244

renswert sei, jetzt, wo sie mir egal war. Ihre Nasenflügel begannen zu beben, und dann brach sie tatsächlich in Tränen aus.

„Verschwindet!", kreischte sie und trat trotzig nach ein paar leeren Bierdosen. „Raus mit euch, alle miteinander!" Zum Glück folgten wir ihrer Aufforderung, denn Sekunden später hielten Mr und Mrs Cricket mit kreischenden Bremsen vor ihrem demolierten Haus, und Bosie fiel in Ohnmacht.

Kim und ich schwebten wie auf Wolken nach Hause.

„Heißt das, dass wir miteinander gehen?", fragte ich mutig.

„Das hoffe ich doch!" Sie kicherte. „Aber du hast ja ganz schön lange gebraucht, um mich das zu fragen."

„Ich hol alles nach", sagte ich. „Hast du morgen früh Zeit?"

„Bei mir. Um neun", erwiderte sie.

„Ich bin aber schon um halb neun da!", sagte ich, zog sie unter einen Baum und küsste sie lange und heftig, bis es anfing zu donnern. Ich wünschte mir, dieser Augenblick würde ewig dauern, aber das tat er nicht, denn es begann so zu gießen, dass wir bis auf die Haut nass wurden.

Als ich am nächsten Morgen aufwachte, fühlte ich mich elend. Meine Nase lief, ich hatte rasende Kopfschmerzen und Anfälle von Dauerniesen. Aber ich ließ mir dadurch nicht die gute Laune verderben, sondern sprang aus dem Bett und zog das Erstbeste an, was mir zwischen die

Finger kam (denn Kim liebte mich ja so, wie ich war, also brauchte ich kein Image-Outfit mehr). Dann lief ich hinaus, um den wundervollen Tag zu begrüßen.

Als ich bei Kim klingelte, öffnete sie sofort die Tür – sie hatte schon auf mich gewartet.

„Was ist los?", fragte ich besorgt, denn ihre Augen und ihre Nase waren rot und verquollen. Sie sah aus, als hätte sie geweint.

„Ich hab die Grippe oder so was", sagte sie. „Es ging gestern Abend los, bevor ich schlafen ging."

„Sollen wir trotzdem rausgehen?", fragte ich und strich ihr über die Schulter.

„Was meinst denn du?"

„Ich meine, dass du einfach fantastisch bist", flüsterte ich, worauf sie zu kichern begann und gleichzeitig niesen musste.

Wir gingen Hand in Hand die Straße hinunter. Ich war stolz, mit ihr gesehen zu werden. Ich wollte sie allen Leuten, die vorbeigingen, zeigen, ganz besonders, als ich entdeckte, dass einer von ihnen Ginger war. Er kam uns entgegengehinkt, zwei blaue Augen und ein Pflaster quer über dem Nasenbein. Als ich sicher war, dass er uns sah, beugte ich mich zu Kim hinüber und küsste sie auf die Wange.

„Du hast doch nichts dagegen, oder?", fragte ich sicherheitshalber.

„Nein ...", murmelte sie, verzog die Nase und nieste. „Ich finde es schön."

„Prima", sagte ich. „Hi, Ginger!"

„Hallo ...", sagte er vorsichtig, um die Lage zu peilen. „Seid ihr zwei ... äh ...?"

„Seit gestern Abend", erwiderte ich und grinste.

„Und warum weinst du dann, Kim? Hat er schon wieder Schluss gemacht?"

„Grippe", erklärte Kim.

„Und was ist mit dir passiert?", fragte ich.

„Bosie!", sagte er und verzog schmerzlich das Gesicht. „Du hast mir nie gesagt, dass sie den schwarzen Gurt hat!"

„Du hast mich nie danach gefragt."

„Das werd ich auch nie wieder tun", sagte Ginger verbittert. „Mädchen machen nichts als Ärger. Ich geh nach Hause und leg mich ins Bett." Er schleppte seinen kaputten Körper um die Ecke, und Kim und ich liefen zur Bushaltestelle.

Der Bus war halb leer. Wir stiegen aufs Oberdeck und setzten uns ganz vorne hin. Ich legte meinen Arm um Kims Schulter, und sie kuschelte sich an meinen Hals. Es war kein bisschen peinlich. Leider wurde sie im nächsten Moment von einem heftigen Niesanfall heimgesucht, der ein paar Minuten anhielt und sie förmlich vom Sitz katapultierte. Ich saß zitternd und bibbernd daneben wie eine Wüstenspringmaus am Nordpol.

„Irgendwas stimmt doch nicht", sagte ich, denn aus Kims Augen ergossen sich Tränenbäche, und ihre Nase lief ununterbrochen. „Ich meine, eine Grippe kriegt man doch nicht so schnell?"

„Mir ist eigentlich nicht so richtig nach Ausgehen", gestand Kim.

„Mir auch nicht." Wir schnieften und schnauften beide so laut, dass sich die Leute im Bus von uns wegsetzten.

„Du glaubst doch nicht, dass wir uns gestern Abend irgendwas Ernstes eingefangen haben, oder?"

„Was denn?", fragte ich und wischte mir die Nase am Ärmel ab.

„Keine Ahnung. Vielleicht so eine Art Kusskrankheit!" Wir starrten uns beide mit offenem Mund an – da hielt der Bus an der nächsten Haltestelle.

„Wo willst du denn hin?", schrie Kim, während ich sie hinter mir her zog.

„Ich kenne da eine Ärztin", sagte ich. „Sie ist ein bisschen verrückt, aber wir können doch nicht einfach bloß rumhängen und nichts tun – vielleicht ist es eine seltene Krankheit!"

„Aber heute ist Sonntag", protestierte Kim.

„Es ist ein Notfall", versicherte ich ihr.

Es gab mehrere Klingelknöpfe neben der Praxistür zur Auswahl, also drückte ich alle und schrie: „Lassen Sie uns rein!" Eine verschlafene Stimme fragte über die Gegensprechanlage, was wir wollten.

„Hilfe!", sagte ich. Der Türsummer brummte, und wir traten ein. Drinnen begrüßte uns die Ärztin im Morgenmantel. Ihr Dachshaar stand nach allen Seiten ab – es sah aus wie ein Vogelnest.

„Du!", sagte sie gähnend. „Das hätte ich mir ja denken können."

„Nein, diesmal ist es *wirklich* wichtig", erklärte ich. „Mit der Pubertät bin ich durch – aber bei dieser Sache hier geht es um Leben und Tod!"

„Darum geht es ganz bestimmt, wenn du mich grundlos aus dem Bett geholt hast", knurrte die Ärztin. „Und wer ist das?"

„Kim", sagte ich. „Meine Freundin. Wir sind ineinander verknallt."

„Gratuliere", brummte die Ärztin. „Bist du gekommen, um mir das zu erzählen?"

„Nein. Ich weiß, es klingt blöd, aber ..."

Die Ärztin lachte. „Na los, bring mich zum Staunen!"

„... aber wir leiden vielleicht an einer äußerst seltenen Kusskrankheit ..."

„Das stimmt", bestätigte Kim.

„Kommt rein", seufzte die Ärztin müde und öffnete die Tür zu ihrer Praxis. „Also, welches sind die Symptome?" Sie hörte mit besorgter Miene zu, während wir Nieserei, laufende Nasen, tränende Augen und Kopfschmerzen aufzählten.

„Und, was meinen Sie?", fragte ich ängstlich.

„Ich habe da so einen Verdacht", sagte sie und blätterte in einem dicken medizinischen Wälzer mit dem Titel *Seltene und tödliche Krankheiten*. „Seid ihr in letzter Zeit in einen Regenguss geraten?"

„Gestern Abend", sagte Kim.

„Oh Gott, bitte sagen Sie, dass es nur selten ist, aber nicht tödlich", wimmerte ich, „denn ich liebe Kim, verstehen Sie? Sie ist das einzige Mädchen, das mir je etwas bedeutet hat. Sie mag mich, wie ich bin. Bei Kim muss ich nicht so tun, als wäre ich ein ganz anderer." Meine Stimme erstarb zu leisen Piepsern, als die Ärztin dramatisch auf eine Seite in ihrem Buch zeigte und sich in ihrem Stuhl zurücklehnte.

„Da, ich glaube das ist es!", sagte sie grimmig.

„Was? Was denn? Sagen Sie uns die Wahrheit!"

„Es ist nicht tödlich." Sie lächelte beruhigend. „Ihr müsst nicht daran sterben."

Ich griff nach Kims Hand und drückte sie ganz fest. „Gott sei Dank!", sagten wir erleichtert.

„Aber ich fürchte, ihr beide seid allergisch aufeinander!"

„Wie bitte?" Kims Gesicht war blass geworden.

„Eure Hausstaubmilben sind inkompatibel", erklärte sie, „und dagegen gibt es leider nur ein einziges Mittel ..."

Wir hielten den Atem an.

„Keine Berührungen, kein Händchenhalten, keine Küsse", sagte sie. „Nie mehr!"

„Bitte!", keuchte ich. „BITTE! SAGEN SIE, DASS DAS EIN WITZ IST!"

„Es ist ein Witz", sagte die Ärztin. „Ihr habt euch beide erkältet."

Hab ich's nicht gesagt? Ich *hasse* Ärzte!

Jamie Rix lebt mit seiner Frau und seinen beiden Kindern in London. In Großbritannien ist er vor allem als Autor und Produzent von Comedyserien im Fernsehen bekannt. Auf die Idee, für Kinder zu schreiben, kam er in den großen Ferien. Da wettete er mit seinem jüngeren Bruder, wer den Kindern die gruseligste Gutenachtgeschichte erzählen könne. Wer die Wette gewonnen hat, weiß Jamie Rix nicht mehr. Aber seitdem sind in britischen Kinderbuchverlagen zahlreiche seiner Geschichten erschienen.

188 Seiten
DM 19,80

Der unwiderstehliche Johnny Casanova war bereits im ersten Band schwer verliebt. Damals schlug sein Herz für die wunderschöne Alison Mallinson, die trotz heiß schmachtender Liebesgedichte nicht so richtig anbeißen wollte. Aber so schnell gibt ein echter Casanova nicht auf ...

Eltern sollten reich und höflich sein, sich unauffällig benehmen und nur dann sprechen, wenn sie gefragt werden. Findet Al Capsella. Leider ignorieren seine eigenen Erzeuger diese elementaren Regeln. Mrs Capsella blamiert ihren Sohn, wo sie nur kann: ob sie nun in der Schule gegen geschlossene Türen rennt oder auf dem Elternabend kleine Kinder erschreckt. Und Mr Capsella scheitert bereits beim Unkrautjäten. Sind solche Eltern noch normal?

156 Seiten
DM 19,80